KB126230

문과생존원정대

# 문과생존원정대

**어쩌다 살길 찾은, 보통 사람들의 이야기**

초판 1쇄 발행  2017년 12월 18일

| | |
|---|---|
| 지은이 | 고재형, 정채리 |
| 펴낸곳 | 도서출판 이와우 |
| 주소 | 경기도 고양시 일산동구 숲속마을 1로 29-37 서광 미르프라자 2층 211호 |
| 전화 | 031-901-9616 |
| 이메일 | editorwoo@hotmail.com |
| 홈페이지 | www.ewawoo.com |
| 인쇄·제본 | (주)현문 |

출판등록  2013년 7월 8일 제2013-000115호

ISBN  978-89-98933-27-2(03810)

# 문과
# 생존
# 원정—대

어쩌다 살길 찾은, 보통 사람들의 이야기

**고재형, 정채리** 지음

이완우

문과생존원정대의 모든 이야기는
인터뷰와 실화를 바탕으로 하며,
문생원이 인터뷰이에 빙의해 서술합니다.
이들의 삶이 반드시 정답은 아니며,
각자가 생각하는 바가 다를 수 있습니다.
하지만
이 이야기들이 당신만의 답을 찾는 데
도움이 되길 바랍니다.

| 목차 |

※ 작품 특성상 비표준어, 인터넷 유행어 등 일부를 그대로 표기했습니다.

# 어쩌다,
# 문과생존원정대

PROLOGUE

때는 바야흐로 2014년,

4년 만에 복학한
복사꽃

젊어 보이려 애쓴
백팩 패션

중국어가 좋아 아무런 의심 없이 중어중문학과로 갔던 문생원은
자신의 생각과 달랐던 전공 생활로부터 도망친 뒤,
친구들과 뭐라도 해 보겠다며 창업을 시작한다.

어렵게 간 대학교와
전공 공부는 뒤로한 채

창업에 영혼을 팔고
가면 안 되는 길을 가 버림…

그러나 맨땅에 헤딩하며 시작한 창업이
당연히 처음부터 순탄할 리 없었고,
하루의 생존조차 보장할 수 없는
마치 줄타기와 같은 창업 전선의 최전방에서
밤샘 업무로 젊음을 갈아먹으며 살아가고 있었다.

저는 그저
'맨땅에 헤딩'을 표현해달라
부탁했을 뿐입니다

그렇게 새하얗게 젊음을 불태우고
한편으로는 전공을 외면하며 살아가던 어느 날,

사람 구실 좀 하며 살자는 한 팀원의 일갈에
급작스럽게 왕십리 인근의 영화관에서
한 편의 영화를 보게 되는데,

CCU*

그 당시 내 기준에서
사람 구실=영화 관람

일주일 가까이
사무실에서 숙식하며
폐인 생활 중이었음

그것이 바로 오늘날의 문과생존원정대를 있게 한 영화,
〈인터스텔라〉였다.

문과생 주제에 이 영화를
보려고 들다니…

꽤나 건방지군…

우린 답을 찾을 것이다 늘 그랬듯이

인 터 스 텔 라

무수히 많은 장면이 스쳐 갔지만,
그중에서도 나를 가장 당혹스럽게 만들었던 장면은
이공대생들이 지구의 미래를 위해 각종 모험을 하고 있는 사이로

지구 종말 앞에서 불타고 있는
자신의 옥수수밭을 바라만 볼 수밖에 없던
비공대생 조연의 표정이었다.

수학 과학 못해서
옥수수만 키웠는데

활 — 활 —

그 옥수수 밭
불태우는
공대생 주인공은
악마입니다…

영화를 보고 나온 뒤, 대부분이 문과생이었던 우리는
알 수 없는 패배감에 젖은 채 바로 술집으로 향했다.

근데 일단
술은 마셔야겠다…

지구 종말이 오면
문과생부터 없어진다…

우리의 옥수수는
소각되어버렸다…

영화 이야기는 뒤로한 채
문과의 앞날을 안주 삼아 술을 한창 마시던 중
잔뜩 취기가 오른 팀원 한 명이 책상을 내리치며 외친 말에
깊은 감명을 받았고,

진짜 우리 문과생들은
바다 건너 배 타고
생존 원정이라도 가야 합니까!

마침 평소 회사에서 마케팅을 하고 있던 나는
집에 오는 길에 바로 잠깐 짬을 내 페이스북 페이지를 만들어
짤을 하나 올리고 잠이 들었는데…

문과생존원정대라…

줄여서
문생원이라
부르자…

눈을 떠보니 밤사이에 그 페이지에는
1만 명의 구독자가 생겨버렸다.

오미 이게 뭐여

오류 난 거 아녀?

좋아요x10000

페이스북 메시지에는 이미
내가 감당할 수 없는 문의들이 빗발치고 있었고

*문생원의 상상 속 페이스북 메시지 실사판입니다.

갑자기 문과를 대표해 뭐라도 해야 할 것 같은
이상한 분위기에 떠밀려 버린 나는,
사람들의 기대를 잠재우고자 정작 문학을 전공하곤
문학과 아무런 관련 없는 삶을 살고 있는 내 이야기를 올렸는데

저는 학교에서
문학을 전공하다가
발린 사람입니다

저처럼 살지 마세요
문과의 길은
제가 아닙니다 여러분

이상한 감동 포인트를 갖고 있던 독자들은
모자란 내 이야기를 더욱 열렬히 환영해줬고,
그렇게 문과생존원정대라는 페이지의 주인이 되어버렸다.

그 뒤로 3년이라는 시간 동안 무엇에 홀린 듯
'문과를 졸업하고 각자의 살길을 찾아 떠난 사람'들을 찾아
인터뷰를 하고 이야기를 만들어 연재했다.

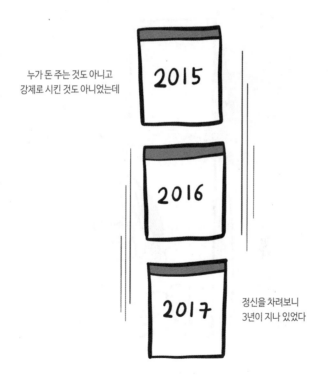

누가 돈 주는 것도 아니고
강제로 시킨 것도 아니었는데

정신을 차려보니
3년이 지나 있었다

그 사이, 고등학교 후배였던 채리가 그림 작가로 합류.
항상 인터넷에서 그림을 주워다 힘겹게 연재를 하고 있던
나를 구제해줬고,

미개한 글쟁이를
내 구원해주리라

짤방의 구렁텅이에서
겨우 탈출

나와 채리의 발버둥을 재미있게 바라보던
모 포털 콘텐츠 담당자의 연락으로
문과생들의 이야기를 포털 메인에 연재하는
분에 넘치는 기회도 얻을 수 있었으며,

신기한 종족들이
이상한 콘텐츠를
만들고 있군…

어디 한번
불러다가
갖고 놀아볼까…

모 포털 기획자 C모 씨(31세, 미혼)

그 외에도 다양한 곳으로부터
재미있는 제안을 받으며 연재를 지속,
그 덕에 3년이라는 시간 동안 약 200여 명을 만나며
60여 편의 문과 이야기를 연재할 수 있었다.

모든 분의 이야기를
연재하지는 못했습니다

그중 일부는
같이 술 마시다가
내용을 까먹기도…

이 책에 소개될 이야기들은 그중에서도 엄선한 것으로,
전공을 살리지 못했거나, 살리고도 힘들어하는
사람들의 이야기, 그리고 문과가 아닌데 문과처럼
살고 있는 사람들의 이야기로 채워져 있다.

3년 동안 다양한 문과생들을 만나 이야기를 들으며
혹시라도 어떤 명쾌한 답을 제시할 수 있을까 기대했지만,
오히려 인터뷰를 하면 할수록 확신한 것은
정해진 답을 찾는 것은 애초에 불가능하다는 것이었다.

계획대로 흘러간 게 없어요
매번 짧은 다짐만 하며
살아갈 뿐…

오 뜻밖의
인생 진리…

그동안 만난 사람들은 모두 각자의 길을 걷고 있었고,
그 길은 모두 달랐지만 어느 것 하나 틀리다고 말할 수는 없는
나름의 답을 찾아 떠나는 과정처럼 보였다.

앞으로 만나게 될 사람들의 이야기 중,
유명하거나 엄청난 성공을 이룬 사람의 이야기는 거의 없다.
이들은 우리 주변에서 쉽게 찾아볼 수 있는
아주 평범한 사람들의 보통 이야기다.

(영어영문학과, 26세)

(신문방송학과, 31세)

(정치외교학과, 33세)

(문예창작학과, 29세)

그 이야기들 속에는
'전공 공부를 열심히 했더니 적성을 찾을 수 있었어요'라거나,
'전공과 상관없이 누구나 노력하면 성공할 수 있어요'와 같은
뻔한 성공 신화나 판타지는 없다.

타고난 두뇌와
끊임없는 노오력으로
신분을 극복하고
위인의 반열에 오른
헤르미온느

고아로 자랐지만
귀신같이 진로를 찾아
역대급 마법사가 된
금수저 해리포터

그 속에는 대신
'진로 고민 없이 일단 대학부터 왔더니 답이 없어요'라거나,
'열심히만 하면 먹고 살 줄 알았는데 그게 아니었어요'와 같이,
이미 우리가 알면서도 모른 척하고 있는 주변의 현실을
먼저 겪고 나름의 해답을 찾아 살아가고 있는 사람들의
'오늘'을 인터뷰한 이야기가 있다.

당신이 이 책을 읽으면서 어떤 정답을 찾길 바란다면,
어쩌면 그것은 불가능한 일일지도 모른다.

하지만 다른 사람들은 각자의 답을 어떻게 찾아가고 있는지,
또 실제로 전공이 우리 삶에서 차지하는 의미가 무엇인지
궁금하다면 다음 챕터로 넘어가도 좋다.

한번 속는 셈 치고 저와 함께 문과 여행을!

당신의 삶이 어떤 모습이든,
이 책을 읽고 난 뒤에는
그조차도 나름의 답으로 바라볼 수 있게 되길 바라며.

# 제1화
## **정치외교학과,**
### 제약회사에서
### 살아남기

나의 오랜 꿈은 국제기구에서 일하는 것이었다.
그래서 전공도 정치외교학과를 선택했었고,

국제기구에 취업하려면 대학원에 가야 한다는 말에,
한 치의 의심도 없이 대학원에 진학하기도 했다.

그 힘들다는 내학원 생활조차 즐겁게 보내며
언젠가는 꼭 국제기구에서 일하리라 굳게 믿었고,

친구들 모두가 학교를 졸업하고 사회로 나갈 때도
동요하지 않고 버티며 꿈을 키워갔다.

긴 터널과도 같았던 고된 대학원 생활을 마친 뒤,
나는 꿈을 이루기 위해 국제기구에 지원을 시작했지만

대학원 구렁텅이를 나가면
글로벌 월드가 나를…

현실은 그리 녹록지 않았다.

기다리고 있지
않았네

어떤 곳도
붙지 못하네

오랜 다짐과 노력이 반드시 꿈을 이루게
해주는 것이 아님을 알아버렸을 때는

그래,
내가 열심히
했다고 해서

다 잘 될 수는
없는 거니까…

이미 돌아가기엔
너무 늦어버렸다는 것도 함께 깨달아야만 했다.

다른 취업 길
종료 지점

근데 이제 어떡하지…

결국, 계속해서 이어지는 실패 끝에
나는 수년간 꿔왔던 꿈을 접기로 결심,

일단,
여기서
꿈을 접자

털썩

그대로 방황을 일삼는 부랑아가 되어버렸다.

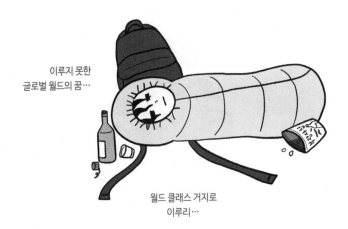

이루지 못한
글로벌 월드의 꿈…

월드 클래스 거지로
이루리…

시회와 주변의 시선은 차갑기만 했고
대학원까지 졸업해놓고 보기 좋게 꿈을 잃고 나니,

더는 아무것도 할 수 없을 것만 같은 마음에
나는 아무것도 하지 않은 채 폐인 생활을 자처했다.

시간이 얼마나 흘렀을까.

꼬질꼬질

자연산 꼬린내

폐인 생활에도 끝이 있다는 걸 깨달은 나는,
더 이상 집에 있기보다는 뭐라도 해야겠다는 생각이 들었고

이대로만 있다간
엉덩이에 욕창 생기겠어

남들이 안 된다고 하는 '말'을 믿지 않고,
무슨 일이든, 어디든 가겠다는 오기 아닌 오기로
구직 활동을 시작하게 되었다.

자기소개서를 쓰면서는 특별히 남들에 비해 잘하는 게
없다는 것을 뒤늦게 깨닫고 괴로워하기도 했지만,

아니 인생 유일의 역경이
취업 실패인데 어쩌지

지원동기는
돈 벌고 싶어선데
뭘 자꾸 길게 쓰래

벼랑 끝에서 부린 오기 앞에 그 자괴감은 곧
그래도 남들만큼, 평균은 한다는
근거 없는 자신감으로 바뀌기도 했다.

어차피 취업 안 되는 건
다 마찬가지잖아?

아무것도 못하는 건
무엇이든 시작할 수
있다는 거잖아?

47

오기가 사라지기 전에, 이느 곳이든 지원해야겠다는 생각에
나는 정말 아무 곳이나 우선 지원해 보기로 했고,

도전도 눈에 뵈는 게 없을 때
질러야지

정신 차리고 보면
어느새 망설이고 있어요

하필이면 그 '아무 곳'이
태어나 단 한 번도 진로로 생각해 본 적 없었던

첨벙

제약회사였다.

아무 데나 쓰긴 했는데
여긴 언제 썼더라??

제약회사????

?!?!

약팝
니다

제약회사 건물을
어떻게 표현할까
고민하다가…

급한 마음에 낸 지원서가 1차 서류에서 통과되고
면접까지 가게 되면서 조금은 당황스럽긴 했지만

국제적으로 약을
팔겠다고 해야 하나…

진짜 뽑으려고
서류 통과시킨 건
아니겠지…

오히려 잃을 게 없었던 나는 두려울 게 없었고, 그저
'어떻게든 되겠지'라는 마음으로 정신없이 면접을 봤다.

잃을 게 없는 자의 여유

핵긴장

안 옴

그동안의 고생을 보답이라도 받는 듯
조금의 운이 더해진 채로

나는 살면서 한 번도 경험하리라 생각하지 못했던
문과생의 제약회사 라이프를 맞이하게 되었다.

이과생으로 가득했던 제약회사의 마케팅은
내가 알던 일반적인 마케팅 업무와는 사뭇 달랐는데,

마케팅이야
마케팅이야
네 직무는
마케팅이야

이과

내가 해야 했던 마케팅은 일반의약품이 아닌
전문의약품 마케팅이었고,

TV 광고도 안 하고
이름도 들어본 적 없는

전문의약품

전문의약품을 파는
문과생 마케터…

그것은 곧 의사와 약사를 대상으로 하는 마케팅이다 보니,
그들과 대화하려면 전문용어를 외워야 했다.

hepatocellular carcinoma…?
뭔 놈아…?

지금 욕하는 거야?

심지어 원래는 이과생들이 하던 일이란 것을 알고 난 뒤에는
그들을 따라잡기 위해 몇 배의 노력을 더 해야 했다.

문과생의 자존심을 걸고…

맥락 없는 암기만큼은
누구보다 자신 있다…

이과생들 틈에서 홀로 문과 출신으로 살아간다는 것은
결코 쉬운 일은 아니었다.

때론 내가 문과 출신인 게 알려져 불이익을 겪을까
전공을 숨긴 채 일하기도 했고

때론 평생 해 본 적 없는 일로 먹고살아야 한다는 부담감에
극심한 스트레스에 시달리기도 했다.

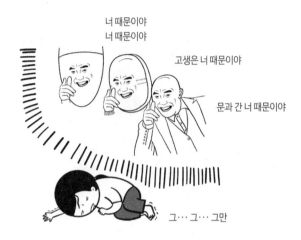

그런데 시간이 점차 지나고 익숙해지기 시작하면서,
그들보다 내가 더 나은 것들이 눈에 들어오기 시작했다.

우선, 의약품을 이해하려면 수백 수천 개의 논문을
계속해서 읽어대야 했는데

글 읽기가 싫어서
이과에 왔는데

논문을 읽으라니
그게 무슨 소리요

글을 읽고 이해하는 것과 그것을 말로 표현하는 것은
누구보다 자신 있는 분야였고

글을 읽는 게
두렵구나?

저런 저런

이과생들이 아는 내용을 따라잡은 뒤로는 오히려
자신감이 생겨 일을 더욱 열심히 할 수 있었다.

이제 전공 차이는
극복했으니

같은 출발선에 있다고
친구들

그리곤 그 노력을 인정받아, 나는 마케팅이 아닌
더 깊은 수준의 지식을 요구하는 임상시험 부서로
발령받게 되었다.

안심하세요
전기 충격 같은 거
전혀 아니니까요

근데 평소에
고통은 잘
견디는 편이세요?

*필자의 상상이 더해져 있습니다.

물론, 일은 여전히 어렵다.

하지만, 무엇이든 할 수 있다는 자신감이 생긴 뒤로
그 어려움은 때때로 즐거움과 보람으로 바뀌기도 한다.

비록 문과생 출신으로 전공을 살려 취업한 것은 아니지만,
문과생으로 버티며 한 가지 확실하게 깨달은 것이 있다.

문과생 제약회사 생존기가
누군가에게 도움이 되는 세상

아름답지 않습니까…

만약, 오랜 시간 진심을 다한 무언가가 있다면
그 무언가는 절대로 쓸모없지 않다는 것이다.

논문 쓰며 고생했던 시간

영어 공부하며 보낸
시간까지 모두 다

전혀 쓸모없을 것이라고 생각했던 내 지난날의 생활들은
알게 모르게 새로운 삶을 마주하는 데 큰 도움을 줬고,

한 가지에 최선을 다하며 살아온 내 모습은, 비록 성공하지 못했더라도
다른 사람들과는 다른 개성을 갖게 해주기도 했다.

인생은 절대로, 절대로 계획대로 흘러가지 않는다.

인생 계획 수정은 우리 인생에 걸쳐 일어나는,
그리고 누구에게나 일어날 수 있는 평범한 일이기도 하다.

그리고 인생 계획을 수정하는 과정에서
그 이전의 경험들은 쓸모없어지지도 않으며,

인생에서 실패를 맛보고 뒤늦게 계획을 수정해
멋지게 살아가는 사람들도 어렵지 않게 볼 수 있다.

인생의 목표가 무너졌다고 해서 그 자리에 주저앉아버리기엔,
우리의 삶에는 아직 재미있는 일이 많이 기다리고 있다.

인생 블루마블
은근 재미있답니다

블루마블과 달리
인생은 더 길고요

그러니 당장의 실패에 약해지지 말고 타인의 시선에서 벗어나
지금 할 수 있는 일들을 하나씩 차근차근히 해나갔으면 좋겠다.

여자 인생 서른이면
끝난다는 놈 나와

네가 뭔데 내 인생을
맘대로 끝내

실패한 내 지난날을 쓸모 있게 바라보는 것도,
다른 사람들의 시선에서 벗어나는 것도,

모두 당신의 마음 먹기에 달린 일이기 때문이다.

제2화
**신문방송학과,**
기획자로
살아남기

누군가에겐 꿈이었을 신문방송학과 입학.

신방과는 유독
로망을 갖고 도전하는
사람들이 많죠

누구나 한 번쯤은
예능 PD를 꿈꾸기도
하고…

그러나 내게는 삼수 끝에 할 수 없이 선택한
부정하고 싶은 전공이었다.

축하받지 못하는
슬픈 입학식…

가고 싶은 대학 원서를 다 써도 하나가 남길래,
정말 갈 생각 없이 대충 썼던 곳이었는데

아 신방과는
정말 가기 싫은데…

쓸 곳이
여기밖에 없네…

*배부른 자의 미친 소리입니다.

속절없이 그곳만 붙어버린 것이다.

나는 행복하다…
나는 행복해…

레드썬…
신방과 이즈
마이 라라랜드…

어린 시절부터 안정적인 삶에 대한 세뇌를 받은 덕에
나는 경영학과에 가지 못하면 굶어 죽는 줄로만 알았고

자투리로 썼던 신문방송학과 원서 하나만 붙었다는 사실은
입학하기도 전에 나를 좌절에 빠지게 했다.

당연하게도 학과 생활에는 큰 흥미를 붙이지 못했고
친구들과 놀기만 하며 생명을 낭비하고 있던 어느 날,

무슨 바람이 들었는지 이렇게 살다간 안 되겠다
싶은 생각에 빠른 입대를 결정했고

결심 후 3일 만에 입대가 결정되어버리는,
일생일대의 비극을 맞이하게 되었다.

하지만 재미있게도, 내가 전공을 다시 생각하게 된 것은
바로 그 비극적으로 시작해버린 군 생활로부터였다.

당시 전·의경을 지원한 나는 하필이면
길거리 시위를 진압하는 보직으로 발령받았고,

이 오토바이는 뭐지…

상상 속의
길거리 시위 현장

안정적 삶을 추구하며 곱게 자란 유년 시절을
비웃기라도 하듯, 나는 말 그대로 시위대에 던져진 채로
일하곤 했다.

여긴 어디
나는 누구…

다른 군 생활에 비해 시민들을 가까이에서 만나고
신문이나 뉴스도 조금 더 자주 접할 수 있어서였을까,

잘해도 맞고
못해도 맞습니다

경찰
POLICE

시위 현장에서 경찰은
말 그대로 동네북

계속되는 시위 현장에서 실제로 마주한 사람들의 모습이
언론에서 보도되는 내용과 다른 것에 적잖이 충격을 받았고,

꼭 그렇지 않은
시위도 있구나

실제 시위 현장

그분들은
지켜만 보도록

경찰
POLICE

잠깐이긴 했지만, 학교에서 배웠던 언론의 역할이
현실에서는 다른 것을 눈으로 직접 확인하고 나서부터는

음 어제 현장이
신문에?

내가 본 건
이게 아닌데…

TV와 신문에서 나오는 것들을 그대로 보지 않고
조금씩 걸러서 보려고 노력하기 시작했다.

하지만 그런 내 노력과 상관없이 세상은 여전히
약자들의 이야기를 들려주거나 제대로 보도해주지 않았고

그때부터 나는 애써 외면하고 있던 전공을 떠올리며,
조금이라도 더 나은 세상을 만들고 싶다는 생각을 하게 되었다.

매일 자극적인
가십만 뉴스에 나오고

왜 정작 중요한 것들은
하나도 보도되지 않을까…

전역 후, 나는 학교로 바로 돌아가 신문방송학을 진지하게
공부하기로 결심, 열혈 신문방송학도가 되었고

비록 쉽지는 않았지만, 군대에서 보고 느꼈던 것들을
해결하기 위한 나름의 방법들을 찾아 나가기 시작했다.

졸업 후에는 기자 생활을 해 보고 싶어 큰 언론사가 아닌
작은 언론사에 들어가 소신 있는 글을 쓰려 했지만

오히려 기존의 언론과 크게 다르지 않은 모습에
적잖이 실망하곤 기자의 길을 포기, 이내 퇴사했고

퇴사 후에는 다큐멘터리를 만들며
말하고 싶은 것들을 자유롭게 말하리라 다짐했지만,

그 누구도 나를
막을 수 없다

누군가의 허락도 필요 없이
내가 하고 싶은 말을 할 거야

부족한 예산으로 동료들은 힘들어했고
나 역시도 생활고를 이기지 못하고 그만두고 말았다.

그리고 돈님께서
나를 막으셨다…

위대하신
Money님께서…

그 뒤에도 포기하지 않고 신문방송학과의 의미를 살려보고자
각종 도전과 시도를 멈추지 않았지만

결국 돌아오는 것은 실패,
혹은 변변치 않은 성과들뿐이었다.

사회 문제를 해결하는 것도 물론 중요했지만
이렇다 할 성과를 내지 못하니 주변의 압박은 점점 심해졌고,

철 좀 들어라 쓰나미

가족들 눈치도
슬슬 보이고…

모아놓은 돈도
떨어져 가고…

결국 현실과 타협하며 취업을 하기로 결심,
어렵게 찾은 전공 의지는 다시 꺾여버리고야 말았다.

쩝 그래
어차피 포기했던
전공

재미있게 즐겼으니까
그걸로 됐어

비록 현실과 타협해 어쩔 수 없이 취업을 하게 되었지만,
그러면서도 끝까지 놓고 싶지 않았던 것은

취업할 때 하더라도
적어도 이건 지키겠어

현실과 타협하더라도
무기력해지진 않겠어

더 나은 세상을 만들고 싶다는 소박한 꿈과
전공을 향한 내 마지막 소명, 그리고 신념이었다.

군대에서
보고 느낀 것을
잊지 말고

조금이라도 더 나은
세상을 만들기…

그러던 중, 한 IT회사에서 보다 나은 세상을 만들기 위한
서비스 기획자를 뽑는다는 공고를 보게 되었고,

무엇 하나 제대로 성공해 본 적은 없지만 같은 목표 아래
산전수전을 다 겪은 경험이 도움이 되리라 확신,

무작정 지원, 딜컥 합격을 해버리고 말았고

그렇게 나는 열혈 신문방송학도에서
IT회사의 서비스 기획자로 새로운 삶을 살게 되었다.

그때까지만 해도, 내가 살면서 경험한
그 많은 실패가

인생이 버라이어티 그 자체

더 나은 기획자가 되는 데 도움이 될 것이라곤
상상하지 못했다.

실패로 성장하는
배지터처럼!!!

초사이언
기획자!!!

쿠오오오오

우리나라에서 서비스 기획자는
단순히 서비스를 '기획'하는 단계에서 끝나지 않고

기획자가 우리나라에만 있는
독특한 직군이라는 사실,
아셨나요?

알고 계셨다면
죄송합니다

가던 길 가세요

〈업무〉
기획

개발자와 디자이너가 하지 않는 모든 일,
그러니까 전략, 마케팅, 제휴와 같은 모든 일을 하는데

마케팅

영업

전략

제휴

〈업무〉
기획

가장 많이 하는 기획은
야근 기획일지도 모릅니다

그래서일까? 얕고 넓게 알며 다양한 일을 할 줄 아는
'잡기'에 능한 사람들이 적성에 잘 맞는 경향이 있었다.

마침 회사에서 내게 시키려고 했던 여러 가지 일은
이미 어느 정도 밖에서 겪어본 일들이었고

마치 지난 시절의 실패와 고난을 보상이라도 받듯,
나는 '천직'이라는 소리를 들으며 일할 수 있었다.

직접 현장에 나가 사람들을 만나 영업을 해야 할 때도,
어른들을 만나 넉살을 떨며 동생처럼 굴어야 할 때도 있었고

때론 내가 기획한 서비스를 더 좋게 포장하고 설명하기 위해
문과 감성을 발끝까지 끌어모아 글을 써야 할 때도 있었다.

그때마다 지난날의 경험들은 내게 충분한 도움이 되었지만,
기획자가 된다는 것은 그것만으로는 부족한 일이기도 했다.

기본적으로 문과생이 IT회사에서 살아남는다는 것은
개발자들 틈에서 살아남아야 하는 것을 의미하며,

문돌이 눈에 비친
개발자들의 모습

그 말은 결국, 문과생이라고 해서 다양한 IT 지식 습득에서
면죄부를 받을 수 없다는 것을 의미하기도 한다.

또한 기획자는 단순히 '기획'하는 것을 넘어
기획이 성공할 수 있도록 관리하고 조율하는 일도 해야 한다.

내 생각에는 당연하고 좋아 보이는 것들이지만
다른 사람들을 설득하려면 부단히 노력해야 하며,

그런 고난의 시간을 보내고 나서야 겨우,
아주 작은 서비스를 세상에 내보일 수 있게 된다.

〈라이온 킹〉 오마주

서비스

발바리~ 치와와

나~주 펑야~

만약 누군가 나에게 학창 시절에 배운 전공 공부가
지금의 나를 만드는 데 직접적으로 도움이 되었냐고 묻는다면

그렇다고 쉽게 말하긴 어려울 것 같다.

하지만 신문방송학과 학생으로 살며 수많은 경험을 할 수 있었던 환경이 많은 도움을 줬던 것은 분명 사실이다.

밖으로 돌아다닐 일들도 많고

촬영 같은 걸 하면 간접 경험도 많이 합니다

그리고 군대와 신문방송학과를 거치며 꿈꿨던 '더 나은 세상을 만들고 싶다'는 꿈은

나의 섬세한 터치로…

아주 조금이나마 더 나은 세상을…

내가 만들고 기획하는 서비스들 속에
조금씩 녹여내고 실현해내고 있다.

세상에 관심을 갖고 내가 하고 싶은 것들을 하며
물 흐르듯 마음껏 실패했던 삶.

원하는 전공이 아니었을지라도, 그 속에서 원 없이 뒹굴며
충실히 살아냈던 경험은 결국

나에게 새로운 직업과 경험을 가져다줬다.

삼수를 하고 실패만 하며 살아온 내 이야기가
이 글을 읽는 당신에게 어떤 위안이 될진 모르겠지만

뭐야 어느 하나
제대로 한 게 없네

장난치나 지금

적어도 좋아하는 일을 하며 겪은 실패들은
언젠가 당신에게 돌아와 더 넓은 시야를 줄 것이다.

이런 사람도 결국엔
나름 잘 살아가네

용기와 자신감…!

그러니 만약 당신이 지금 계속해서 실패만 하고 있거나
신념을 지키지 못한다고 해서 좌절하지 않았으면 좋겠다.

하는 것마다
안 되고 실패해
ㅠㅠ

이제 내 인생은
다 끝났어

분명, 언젠가는 당신의 그 노력과 신념을 알아줄 곳이
나타날 것이다.

인생 여기서 끝내라 요놈!

제3화
**국어국문학과,**
IT 회사에서
살아남기

남들이 나 싫어하던 국어학을
누구보다 사랑하던 한 국어국문학과 소녀가 있었다.

그렇게 국어에 푹 빠져 살았던 소녀는
국어와 사랑에 빠진 죄로 결국,

IT회사에서 개발자들과 함께 살게 되었다.

그리고 그게 바로, 국어국문학과를 나와 팔자에도 없던
IT회사 라이프를 즐기고 있는 나의 이야기다.

보통 국어국문학과 학생들에게 '국어학'은
피하고 싶은 과목 순위 안에 든다.

촘스키 선생님의
은혜를 듬뿍
받을 수 있는
과목…

**피하고 싶은 과목**

국어학

방심하다가는
C 뿌리기에 당하기
딱 좋은 과목…

그러나 당시 나는 남들이 싫어하는 국어학에 푹 빠졌었고,
심지어는 국어학을 가르치는 교수가 되고 싶어 했다.

크으

기분이 안 좋네
다 C란다

학점 권력의
짜릿함…!

그중에서도 특히 내가 재미를 느꼈던 것은
'국어정보학'이라는 분야였는데,

남들이 싫어하는 것 중에서도
가~장 싫어하는 분야랄까

그것은 국어국문학과임에도 컴퓨터와 친해지게 되는,
지금 생각해 보면 아주 불길한 터닝포인트를 만들게 된다.

국어정보학만 아니었어도
개발 인생 안 살아도 되었을 텐데…

본격적으로 컴퓨터와 친해지게 된 것은
개발 언어를 배우게 되면서부터였는데,

'국어정보학을 잘 하려면 코딩을 배워야 한다'는
선배들의 조언을 의심 없이 받아들인 게 화근이었다.

대학교에 온 뒤로 공부라곤 국어만 했던 내게
영어와 숫자가 가득한 코딩은 말 그대로 재앙이었지만,

내가 사랑하는 학문을 더 잘하는 데 필요한
숙명의 시간이라고 생각하며 버티고 버텨냈다.

조금씩 학부 공부에 코딩을 활용할 수 있을 만큼
개발 공부가 끝나갈 무렵,

나는 그 결실로 국어정보학을 더 공부할 수 있는
대학원으로의 진학을 얻어내고야 말았지만

행복은 그리 오래가지 않았다.

뭔가 대단한 것이라도 할 줄 알고
제 발로 들어온 대학원이었지만

호랑이를 잡으려면
호랑이 굴로…

교수가 되려면
교수가 많은 곳으로…

연구실에서의 일상은 시간이 지날수록
지루하고 어렵기만 했고,

학점 주는 법은
언제 배우는 거야

온종일 연구만 하고…
컴퓨터만 만지고…

학부 때는 천사 같았던 교수님들이

우리 친구는 유독
학점 주는 데 관심이
많네~

대학원에서는 전혀 그렇지 않다는 것을
깨닫기도 했다.

아직 받아야 할 학점이
남았다는 사실을
잊지 마라

참고로 학부 시절의
나는 잊도록 해라

공부를 재미있게 하고 싶어 들어온 대학원이었는데
막상 대학원 생활에 흥미를 잃고 나니,

하루가 멀다 하고 때늦은 방황을
일삼기 시작했다.

수시로 연구실 자리를 비우는 것은 물론,
공부에도 제대로 집중하지 못했고

자리 비움 or 도망감

그 모습을 지켜보던 선배는 내게 대학원이 아닌 곳에서
새로운 도전을 해 보라고 조언을 해줬다.

지금 네가 배운 것들로도
너를 필요로 하는 곳이 있어

…

전공 공부가 좋다고 해서
무조건 대학원에
있을 필요는 없지

그곳이 어딘가요
센빠이…

그중에서도 내게 가장 힘이 되었던 것은
내가 배운 것들이 의외로 쓸모가 많다는 말과

나와 비슷한 고민을 가졌던 사람들이 이미
다양한 회사에서 살아남고 있다는 사실이었다.

물론 처음에는 국어국문학도가
IT회사에서 어떻게 살아남을까, 의심도 했지만

막상 회사에 들어와 보니 이미 내가 알지 못하는 곳에서
내 전공은 여러모로 요긴하게 쓰이고 있었다.

LV.1

네 전공의 가능성을
얕보지 말아라

네가 공부한 건
의외로 쓸모가 있어

내가 하는 일은 전문적인 말로는
'지식 구축'이라는 단어로 불리는데,

얼핏 들으면 어려워 보일 수 있는 이 말은
사실 우리 일상에 꼭 필요한 것이기도 하다.

예를 들어, 어떤 회사가 휴대폰을 새로 출시했다면

청력 보호를 위한
이어폰 단자 제거!

터지지 않는 기능을 탑재한
새로운 휴대폰!

회사 입장에서는 대중이 이 휴대폰에 대해
어떻게 생각하는지 궁금해할 것이다.

수군수군

쟤는 진짜
안 터질까?

그러나 온라인 공간에는 너무나 많은 정보가
오가고 있기 때문에,

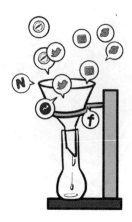

그 안에서 그들이 원하는 정보만을 추출해서
분석하기란 쉽지 않은 일이다.

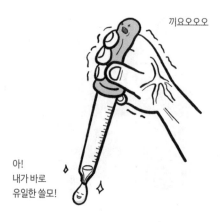

우리는 그런 회사들을 위해 데이터를 긁어모아
사람들이 어떻게 반응하는지를 쉽게 분석하는 연구를 하는데,

그냥 네X버에
검색하는 수준이 아니라

그냥 있는 정보를
모두 다 끌어모아야 합니다

이 과정에서 정보를 무작정 긁어모으면 쓸모없거나
이해하기 어려운 내용들만 잔뜩 모이게 된다.

정보의 양이 너무 많아
사람이 하기도 어렵죠

예를 들어, '휴대폰을 사자!'라고 밀하는 사람들의
비중이 궁금해 컴퓨터에게 명령을 하면,

컴퓨터는 맥락 없이 '사자'라는 말을 수집하는데,

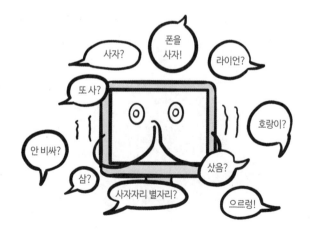

우리는 맥락에 맞게 컴퓨터가 단어를 이해할 수 있도록
반복적으로 정확한 단어를 알려주며 자료를
더 정밀하게 만든다.

그러니 컴퓨터가 혼자서 할 수 없는 처리 과정을
완성시키려면 국문학적 지식이 필요하다.

주변 사람들에게 이렇게 말하고 나면 사람들은 모두
멋있다고 말해주지만, 꼭 그런 것만은 아니다.

우리의 일은 컴퓨터와 종일 격하게 씨름하며
쏟아지는 일을 처리해야 하는 바쁜 일과의 연속이며,

지금 이 이야기처럼, 직접 말하거나 알리지 않으면
사람들이 잘 알지 못하는 백조의 다리와도 같은 일이기도 하다.

저 여기 있습니다!!

제발 제 고생을 알아주세요!!

가끔은 잘 풀리지 않는 문제에 봉착할 때도 있고,
고객사와의 문제로 기운이 빠질 때도 있지만

이런 못 배운
비국문과생…

'휴대폰을 사자'가 아니라
'핸드폰을 사자'로 해야죠!

그림에도 불구하고 내가 이 일을 계속 사랑하고
떠나지 않는 이유가 있다면, 단 하나

두 개도 아니고
얄짤 없이 딱 하나!

딱~ 하나!

모두가 쓸모없다고 했던 내 전공과 흥미가
결코 쓸모없지 않다는 것을 알려주고

팟

앗 눈부셔

어엿하게 제 밥벌이하며 살아가게끔
나에게 '나만 할 수 있는 직업'을 선물해줬기 때문이다.

전공이 직업을 주다니
정말 운이 좋았죠

"너 국어국문학과 가서 뭐 해 먹고 살래?"라는 말을
귀에 딱지가 생기도록 들어왔던 나의 인생.

내 전공 걱정을
어떻게 된 게
남들이 더 해…

하지만 이제는 누구에게도 부정당하지 않으면서
떳떳하게 내 전공을 밝힐 수 있게 된 것만으로도

지난 방황과 좌절은 충분히
쓸모 있는 것이 아닐까, 라고 생각한다.

학부 시절에만 해도, 아니, 대학원에 들어갔을 때만 해도
내가 개발자들과 함께 동고동락한다는 것은

전혀 상상하지도 못했던 일이었다.

하지만 돌이켜 생각해 보면, 사회에서 생각하는
'국어국문학과라면 갈 만한 진로'로 내 미래를 생각했을 때는

오히려 더 힘들고 고통스러웠다.

남들이 가라고, 아니, 가야 한다고 말했던 소위
'전공을 잘 살린 진로 계획'은

작가가 되렴!

선생님 하렴!

실제로 그 전공을 배우지도, 사랑하지도 않는 사람들의
선입견에 불과했지만, 나는 거기에 갇혀 있기만 했던 것이다.

물론 나는 운이 좋게도 내 전공의 쓸모를 찾았지만,
우리의 전공은 생각보다 쓸모 있는 곳이 많았다.

이게 바로 그
개발자 F/W 시즌
체크무늬 셔츠…

국문과지만,
당신은 이 옷을
입을 자격이 있습니다

오히려 내가 무서워했던 것은 전공의 실패가 아닌,
남들이 말하는 수준의 삶을 살지 못하는 것이기도 했다.

그래도 연봉은
어느 정도 되어야지…

STANDARD
LIFE

남들이 들어본
회사에는 가야지…

그러나 아이러니하게도,
나는 그 공포로 어긋나버린 계획 덕분에

내 전공과 지난 방황의 의미를 찾을 수 있었다.

세상은 누구에게나 자신만이 들어갈 수 있는
아주 작은 틈 하나쯤은 주는 것 같다.

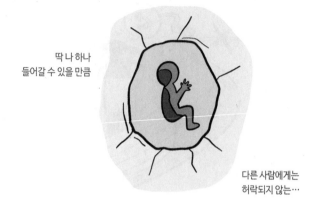

딱 나 하나
들어갈 수 있을 만큼

다른 사람에게는
허락되지 않는…

그런데 우리는 우리 자신을 남들이 가는 그 틈으로만
억지로 밀어 넣으며 고통받고 있는 것은 아닐까.

내 체형아
바뀌어라

낑낑

나에게 주어진 '틈'을 찾아,
좁고 고되더라도 나만의 길을 걸어가는 것.

이건 뭐 '틈새원정대'도 아니고…

하지만 나에게 맞는 길은
어디엔가 분명히 있다

그것이 내가 그동안 살면서 배운
단 하나의 인생철학이었다.

그러니 깊게 고민도 하지 않은 사람들이 쉽게 내뱉은,
가지도 않을 길에 너무 고통받지 않았으면 좋겠다.

고민 없이 내뱉은 말들에
너무 상처받지 마세요

어차피 잘 되어도 안 되어도
다 자기 덕이라고 할 사람들임

당신이 가야 할 틈은, 오직 그 전공에서 치열하게 버텨 낸
당신만이 알고 있기 때문이다.

마이웨이는
내가 정하기 때문에
마이웨이인 것입니다

남이 정해주는 길은
마이웨이가 아님

제4화
**중어중문학과,**
스타트업으로
살아남기

고등학교 시설, 제2 외국어로 배웠던 중국어.

학창 시절 내내 외국어라고는 영어만 배웠던 내게
중국어라는 언어는 신선한 자극 그 자체였다.

좋아하는 만큼 열심히 했던 중국어가 성적이 잘 나오자
나는 중국어에 계속해서 흥미를 느꼈고

급기야는 중어중문학과를 대학교 전공으로
선택했다.

*비슷한 유형의 비전으로는 러시아문학과가 있습니다.

중어중문학과에 들어가면 중국어를 배우는 것은 물론,
유창한 회화 실력을 쌓을 수 있을 것이라 기대했지만

실상은 기원전에 쓰인 고전문학을 배우는 것과
끝도 없는 한자들을 암기하는 일상의 연속이었다.

유일한 위로라고 생각했던 중국어 과목은
살다 온 친구들과 화교 친구들의 차지였는데,

공부하면 점수를 잘 맞을 수 있었던 고등학교 시절과는 달리,
학점 비율이 정해져 있던 대학 생활은 내게 좋은 점수를
허락하지 않았다.

반복되는 낮은 학점과 떨어지는 학업 성취도,

그리고 모두들 미친 듯이 공부만 하며 살아가는
대학 생활은 나랑은 거리가 멀어 보였고

학과 생활도, 학점도 점점 더 멀어지는 것을 참다못한 나는

ㅇ…안… 안 돼
어디 가는 거야

학과
생활

학점

결국 도망치듯 군대로 떠나버렸다.

선생님 반삭의 반은
그 반이 아닌데요

지잉—

군 생활을 하면서도 내심 찾아오는 복학의 압박에
자격증 공부도 해 보고 교과서도 펴 보고 했지만,

일과가 끝났으니
저는 공부하러 갈게요!

쟤 여기 재수하러 왔냐

이미 한 번 찾아온 패배감과 자괴감은 쉽게 없어지지 않았고,
나는 이내 금방 무기력해졌다.

깔깔이를 입으면
힘이 빠지는 병에 걸림

이상하게 군대에선
책만 펴면 잠이 옴

물론 그건 사회에서도…

학자금 대출에, 엎친 데 덮친 격으로
스스로 경제 독립을 해야 하는 상황까지 겹치면서

인생의 쓴맛을
벌써 알 필요는 없는데…

엎친 데
덮친 격

남들처럼 얌전히 공부하기 위해 복학하는 것은
더 요원해지기만 했다.

원래도 못한 공부지만
강제로 못하게 되니 괜히 서러움

CAMPUS

마치 돌아가면 당장이라도
열공할 것 같은 가식적인 눈물

아르바이트와 과외를 전전하며 일상을 보내던 나는
기약 없이 일만 하고 있는 내 삶이 아깝다는 생각이 문득 들어

이렇게 매일 일만 해서
내게 남는 게 뭐지…

'기왕 벌어야 하는 돈이라면 내가 하고 싶은 일로 벌 수는 없을까?'
라는 생각에 스스로 돈을 벌 방법을 찾기 시작했다.

알바해서 50만 원 버나
길거리 장사해서 50만 원 버나

· · ·

어차피 해야 할 거면
내 일을 하면 어떨까…

그러다 마침 같은 미친 생각을 하고 있던 친구들과의
대화 도중에 알 수 없는 용기가 샘솟아버리고 말았고,

무작정 창업을 시작, 다시는 평범한 길로 되돌아갈 수 없는
불구덩이로 뛰어들었다.

휴학을 결정하고 창업을 하겠다는 나에게 교수님은
걱정과 잔소리로 휴학을 만류하셨지만,

학생의 본분은
공부랍니다 친구

헛소리 말고
공부나 하세요

교수님 이미 표정으로
잔소리하셨어요…

그렇다고 학교로 돌아갈 엄두는 더더욱 나지 않았기에
나는 결국 학업을 접고 창업에 뛰어들었다.

저는 다른 길을
걷겠습니다요

전공 책은
지르밟고

물론 너무나 당연하게도 창업은 학업만큼이나 쉽지 않았다.

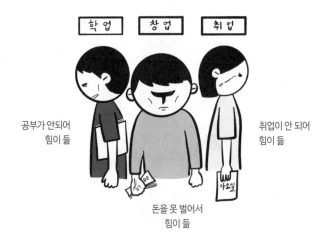

학업 | 창업 | 취업

공부가 안되어
힘이 듦

돈을 못 벌어서
힘이 듦

취업이 안 되어
힘이 듦

아무것도 할 줄 모르는 대학생이 패기로만 시작한 창업은
모든 것을 처음부터 배워야 함을 의미했다.

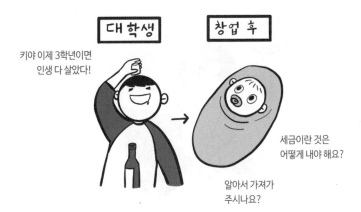

대학생 | 창업 후

키야 이제 3학년이면
인생 다 살았다!

세금이란 것은
어떻게 내야 해요?

알아서 가져가
주시나요?

가진 것 없는 작은 창업팀에
처음부터 사람들이 모이긴 어려웠으니,

여러분 저희가
성공할지도 모릅니다!

지금은 아니지만
언젠가는 잘 해드릴게요!

외면

내 인생을
왜 너희와…

경영을 할 거라던 기대와는 달리 나는 마케팅부터 개발,
심지어 디자인까지 가리지 않고 배우고 일해야 했다.

창업의 60퍼센트는
잡일로 이뤄져 있습니다

창업하려는 분들
명심하세요…

예를 들면 청소라든가…
아니면 청소라든가…

그러면서 다른 전공을 배운 사람들이
구체적으로 어떤 일을 하는지도 알 수 있었고,

특히 문과가 아닌 이공계를 나온 사람들이
왜 필요한지도 공감할 수 있었다.

그뿐 아니라 나를 믿고 회사에 몸을 담은 사람들에게
최소한의 도리를 하기 위해 나를 버릴 때도 있었고,

여전히 사회에 찍혀 있는 전공이라는 낙인에서 벗어나고자
두 배, 세 배는 더 열심히 해야 했던 역경도 있었지만

달라진 게 딱 하나 있었으니 바로,
다시 돌아온 열정과 자존감이었다.

최선을 다해도 티가 나지 않았던 학교생활과 달리,
노력한 만큼 보상을 받는 경험을 하며
삶의 원동력을 얻은 것이다.

그로부터 몇 년이나 더 지났을까.
학업을 잊은 채 일에만 매달린 지 수년이 지났다.

아무것도 없이 시작한 패기 넘치던 창업은
어느새 작지만 어엿한 사무실과 동료들을 얻게 되었고

버티고 버텨서 겨우 구한
우리만의 작은 사무실부터

믿을 수 있는 동료들이
생기기도 했다

전공과는 상관없이 나 자신을 떳떳하게 남들에게
소개할 수 있을 만큼 자리를 잡는 행운을 얻을 수 있었다.

그리곤 더는 휴학할 수 없다는 학교의 연락을
받고 나서야 나는 다시 학업을 위해 복학했다.

그런데 재미있는 것은, 전공의 굴레에서 벗어나자
어렵고 부담스럽기만 했던 중국어가
다르게 보이기 시작했다는 것이었다.

반드시 학점이 잘 나와야만 살아남을 수 있다는 압박에서 벗어나자
중국어와 역사 과목은 즐거운 학문처럼 다가왔고,

학업에 한번 흥미를 붙이고 나니 내친김에 복수전공까지 신청,
문화콘텐츠학을 전공하며 주경야독을 해 보기도 했다.

인생 첫 밤샘 공부에
뿌듯함을 감추지 못하는 중

밤새웠다는 사실 자체에
지나치게 감격 중

공부에 대한 부담이 줄어들어서였을까, 마지막 불꽃을 피우며
그리 나쁘지 않은 성적으로 학업을 마칠 수 있었다.

오 신이시여
제게 학점을
허락하시다니

사람 구실은
할 수 있도록
해주셔서 감사합니다

물론, 그렇게 열심히 했던 학업이
내게 다시 직업적 기술을 가르쳐주진 않았다.

직업적 SKILL

중국과 관련된 일이
아닌 이상…

공부는 공부일 뿐이었죠…

더 좋은 사람이 되고, 더 넓은 시야를 갖는 데는 도움이 되었지만
직업적으로 유용한 도움이 되지는 않았다는 말이다.

upgrade!

인성
견론
직업

중국 문학이 대부분 철학이라,
많이 읽으면 인성 함양에 도움이 됩니다

中文

하지만 만약, 학업에서 도망치고 싶었을 때
무기력하게 버티고 있었다면 공부의 재미를 알 수 있었을까.

아마 하기 싫은 공부에
치이다 지쳐

시력과 비슷한 학점으로
쫓겨나듯 졸업했겠지…

또 만약 학업에만 머무르며 창업을 하지 않았더라면,
지금 내가 겪었던 소중한 경험들은 살아 있을까.

전공 공부도 물론
소중할 수 있지만…

전공만으로는 얻을 수 없는
소중한 경험들이 있었으니까요…

때론 어떤 어른들은, 주어진 위치에서 그저 최선을 다하는 것이
더 나은 결과를 가져다줄 것이라고 말하지만

주어진 위치라는 이름의
탈을 쓴 말뚝

나는 꼭 그렇게만 생각하지는 않는다.

음? 끊겼네?

똑!

최선을 다했는데도 당장 달라지는 게 없다면,
타인의 시선을 의식하지 말고 변화를 주는 것이 필요하다.

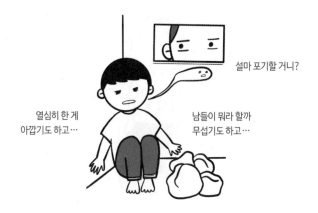

중어중문학과에서 낙오자였던 나는, 그곳을 벗어나자
잃어버렸던 열정과 자신감을 되찾을 수 있었다.

그리고 사랑하지도 않았던 전공의
뛰어나지 못한 누군가로 남을 뻔했던 나는

설령 실패할지라도 내가 정말 원하는 것을
시도하고 도전했던 사람으로 남을 수 있게 되었다.

뒤늦게 공부에 재미를 붙인 덕에,
평생 모를 뻔했던 인문학의 의미를 알게 되기도 했고

최소한의 지식과 교양을
쌓으며 재미있게 공부했습니다

그래도 어디 가서
중문과라고 말할 수는
있을 만큼

알게 모르게 더 넓은 시야로 세상을 바라보고,
더 나은 사람으로 자랄 기회를 가질 수도 있었다.

아는 만큼 보인다는
그 상투적인 말이

와 닿는 순간이
분명히 옵니다

여담이지만, 나는 그때 시도했던 사업을 접고
다른 도전을 시작하고 있다.

여전히 하는 일은
중국과는
관련이 없습니다

아마 앞으로도
없을 거예요

영-원히

여전히 내 전공은 새로운 도전 앞에서도
그 어떤 힘을 발휘하고 있지는 못하지만,

...오잉!?
전공책의 모습이...!

그러나 아무 일도 일어나지 않았다

이제 나는 그것과 상관없이 내 전공을
다른 사람들에게 자신 있게 말할 수 있다.

우리가 배우는 인문학은
직업을 구하는 데 의미가 있는 게 아니라
더 나은 인생을 살 수 있도록 도와주는 역할을 한다.

그러니 억지로 인문학으로 직업을 구하려고도,
그리고 그것을 잘하지 못했다고 해서
낙담하지도 않았으면 좋겠다.

인문학을 취업에서 자유롭게 놔주는 순간,
비로소 전공의 진짜 의미를 알 수 있게 될 것이다.

제5화
**행정학과,**
사진작가로
살아남기

입시의 영원한 딜레마,
학교를 선택할 것이냐 전공을 선택할 것이냐.

학교든 전공이든
문과면 답이 없단다!

저거 천사 맞냐…

고등학교 시절의 나는 일단 대학교에 들어가고 나면
전공은 괜찮을 것이라는 안일한 생각을 하고 있었다.

일단 어디든 간에
인서울만 할 수 있다면

조기축구학과라도
들어갈 수 있어

수시로 대학을 준비하던 나는 진로 따위는 뒤로하고
자기소개서 쓸 만한 각이 나오는 학과들을 찾아다녔고,

어떤 이야기를 써야
합격 각이 나오는가…

생활기록부에 적힌 말들을 이리저리 조합해 보면서
나라를 위해 일하는 공무원이 되겠다는 스토리를 지어냈다.

호국보훈 글쓰기 대회에서
상을 탔다는 이유로

나라의 일꾼이 되겠다는 감동적인 스토리…

오직 자기소개서의 소재를 더욱 빛나게 해줄 용도로 찾은
전공은 바로 행정학과였고,

합격 창조

행정학과와 나의 적성 따위는 고려도 하지 않은 채
나는 행정학과의 미래를 이끌어 갈 인재로 대학에
합격하게 되었다.

이거 이렇게
합격해도 되는 겁니까?

당연하게도 대학 생활의 재앙은 예정되어 있었다.

전공 수업이 잘 맞지 않는 것은 물론이거니와,
전공 이후의 진로도 막상 마주하고 나니 엄두가 나질 않았다.

행정학과를 전공한다고 해서 모두가 공무원이 되는 것은
당연히 아니었음에도 불구하고,

고시 난이도를 보면
저 자리는 왕좌가 맞습니다…

공무원 임용 고시를 응시하고 공무원이 되는 고된 과정을
받아들일 준비도, 생각도 하지 못했던 것이다.

행정학과 나오면
바로 공무원 하는 줄 알았죠

고시를 봐야 한다는 사실과
제가 할 거란 사실은 별개 아닙니까?

다행스럽게도 포기가 빨랐던 나는
1학년 1학기가 끝나자마자

바로 휴학을 신청했고

그 길로 바로 무기한 휴식을 선언,
대책 없이 무작정 여행을 다니기로 결정했다.

이제부터라도
제 진로를 찾아서

긴긴 여행을
떠나보겠어요

그리고 그 휴식과 여행이, 나를 사진작가의 길로
안내할 것이라곤 그땐 미처 알지 못했다.

그리고 그는 영원히
여행을 떠나
돌아오지 못했다…

여행을 가기 전, 내 방황을 사진으로 기록해 보고 싶다는 생각에
이모부에게 작은 DSLR 카메라를 빌렸고

굉장히 비싼 건데 빌려달라니
조카라지만 염치가 없구나

멈칫

사랑합니다 삼촌

여행을 다니는 내내 눈앞에 보이는 것들을 닥치는 대로
찍고 다녔다.

요리조리

혼자 사진작가 흉내
다 내고 다님

제대로 배우지도 않은 사진을 마구 찍고 다녔으니
제대로 된 작품이나 사진이 나올 리 만무했지만

이상하게 지인들은 내 사진을 보며 조금씩 칭찬해주기 시작했고

그게 하나둘씩 쌓이더니

좋아요 쌓이는 재미에
사진을 찍는 프로 관심 종자

어느덧 나는 주변에서 사진 좀 찍는 사람으로
조금씩 기억되기 시작했다.

당신의 렌즈에 건배

제가 바로 사진 고수
김행정입니다

우연히 시작한 일에 재능이 있다는 것을 알게 된 것도
행운이었지만, 그보다 더 중요한 것은

훗 사진기에 깃든
나의 재능

재능

물론 우연히 깃든
영혼

하고 싶어 하는 일을 늘 수박 겉핥기식으로
찾고 만들어내기 급급했던 내게 진짜 하고 싶은 일이
생겼다는 것이었다.

대학도 전공도
짜 맞추기에 급급했던 내게

진짜 하고 싶은 일이
생겼다는 것

재미있게도, 사진을 찍고 배우면서 나에게 어떻게 하면
행복한 기분을 줄 수 있는지 깨닫게 되었는데

슬퍼하는 나에게
즐거움을 주는 법을
알게 되었다고나 할까요

순간을 포착해내는 즐거움과 그 순간을 표현해내는 내 시선,
그것을 보고 좋아하고 뿌듯해하는 사람들을 바라보면서

내가 좋아하고 잘하는 것이 어떤 종류의 재능인지를
깨달을 수도 있었다.

순간을 포착하는 재능과

그 순간의 즐거움으로
행복을 느끼는 사람

때론 재능의 한계를 느낄 때도 있었지만
내가 좋아하는 일이라는 생각에, 쉽게 포기했던
전공과는 달리 극복해 보고 싶다는 생각이 들었고

잘하는 사람들은
어떻게 사진을 찍을까…

어떻게 하면 더 멋지게
사진 보정을 할 수 있지…

그렇게 뒤도 돌아보지 않고 정신없이 사진을 찍으며
시간을 보내고 나니

인물 사진부터
풍경 사진까지

정말 가리지 않고
몇 년을 찍어댔어요

어느새 나 자신을 행정학과가 아닌 사진으로 소개할 수 있는
순간을 맞이하게 되었다.

행정학과 출신이란 건
잊어주세요

사진 찍는
문돌이라고 합니다

때론 사람들은 그런 내게 이미 얻어낸 전공과 대학교가
아깝거나 후회되지 않냐고 묻기도 한다.

그 말이 어떤 의미에서 건네는 말인지는 알지만,
그렇기에 나는 그다지 공감하지 못한다.

아깝다는 것이 그것이 소중하거나 내게 의미가
있어야 하는 것인데,

어디 가서 내 전공이라고 부르기
민망하고 부끄러울 정도로

오히려 전공님이
나를 전공생으로 인정 안 할 듯

내가 가진 것을 두고 아깝다고 하는 사람들의 말은
대부분 그들의 입장에서 생각한 것들이다 보니

그래도
전공 공부는
하면서 해야지.

그래도
고시는 봐야…

4년제는
나와야…

사진보다야
공무원이 낫지.

선공을 버리고 지금의 길을 선택한 나는 그 선택과 결과가
그다지 아쉽지도, 후회되지도 않는다.

행정학과가 좋다고 해도
제가 못하면 무슨 소용일까요

이젠 버틸 수 없다고 -

오히려 내가 후회하고 아쉬워하는 것은 제대로 된 진로 탐색 없이
선택해버린 전공과 그것을 위해 노력한 시간뿐이다.

억지로 전공 끼워 맞춰서
자기소개서 쓸 시간에

다른 의미 있는 걸 했다면
오히려 더 낫지 않았을까

전공

하지만 타인의 시선으로 재단된 행복에서 벗어나고 나니
그조차도 아쉽지 않았고

오히려 그렇게 무작정 뒤도 돌아보지 않고 다른 길로 접어든 내게
사진이라는 좋은 동료가 생기게 된 것을 운이라 생각하기도 했다.

어디서 천박한 손을
어깨에 올리는가

이 컷에서까지만
친한 척해주세요

나는 TV에 나오는 성공한 사람들처럼, 하고 싶은 일을 위해서
무작정 지금 하고 있는 일을 버리고 도전하라고 말하고 싶진 않다.

또한 내가 행정학과를 버리고 다른 일을 선택했다고 해서,
그 길을 걷고 있는 사람들에게 뭐라 할 자격이 없다는
것도 알고 있다.

하지만 내가 아직 의아하게 생각하는 것은,

당장 본인이 하고 싶은 것, 혹은 하기 싫은 것이 생겼을 때 사람들은
그 순간 의외로 별다른 선택이나 행동을 하지 않는다는 것이다.

오오오
저거 너무
하고 싶어!

근데 일단은 좀 더 간 좀 볼까…

지금 걷고 있는 길을 포기하고 새로운 도전을 한다고 해서
무작정 지금 하고 있는 일들을 그만두거나 포기해야 하는 것은 아니다

내가 사진을 거창한 뜻을 두고 시작했거나, 뚜렷한 목적지로 두고서
이 길을 걷기로 다짐한 게 아니었던 것처럼

하고 싶은 일이 생겼을 때는 어설프게라도 조그맣게
시작할 수 있다는 것을 꼭 말해주고 싶다.

저도 새로운 카메라를
사기 전까지는

계속 휴대폰 카메라로
찍으면서 사진 연습을 했어요

관심 있는 일이 나와 맞는지 맞지 않는지를 알기 위해
항상 모든 것을 본격적으로 시작할 수는 없다.

항상 뭐 시작하려면
장비부터 맞추는 분들…

부럽고 존경합니다…

대부분의 것들이 간접적으로만 경험해 봐도
그것이 나와 맞는지를 알 수 있듯

먼 미래에라도 내가 하고 싶은 일이 있다면 지금부터라도
어설프게나마 그 일을 곁에 두고 경험해 보는 것이
중요하다고 생각한다.

전공이나 직업을 찾을 때 사람들이 진로 교육이 필요하다고
말하는 것처럼

내가 원하는 꿈을 찾아가기 위해 어설프게라도 시도해 보는
경험 교육이 필요하다고 생각한다.

미래의 화가가
될 수 있을까요?

아주 먼 미래에는
예술이 될지도 모르겠습니다…

근데 현생에는
아닐 테니 접으시죠…

지금의 행복을 유예하고 먼 미래에 내가 꿈꾸던 것이
내게 맞는지도 알아보지 않고 맞닥뜨렸을 때

진짜 꿈꾸던 게 아니라면, 우리는 얼마나 당황할 것인가.

내가 이룰 수 있는 아주 작은 목표들을 정하고,
어설프게라도 시작해 보는 것.

수줍

부끄럽지만
사진을 시작해 보려고요!

우선은 작은 디카로
시작해 볼래요

설령 그것이 거창하지 않아도 부끄러워하지 않고,
하나둘씩 내게 맞는 답을 찾아가는 과정을
두려워하지 않았으면 좋겠다.

안 맞는 것들은
과감하게 다 썰어버려

그렇게 어설프게 시작해 쌓은 경험들로
내게 맞지 않는 것들을 골라내다 보면

내가 하고 싶은 것들과 할 수 있는
것들이 좀 더 명확해질 것이다.

그러니, 주저하지 말고 어설프게라도 무엇이든 시작해 보자.
어쩌면 그것이, 내게 맞는 살길을 발견하게
해주는 가장 쉬운 방법일지도 모른다.

# 제6화
## **영어영문학과,**
## 가게 주인으로
## 살아남기

나는 전공을 세 번 바꿨다.

고등학교 시절에는 이과였는데,
갑자기 무슨 바람이 들었는지 대학은 경영학과로 갔고

풍운의 꿈을 안고 온 경영학과도 맞지 않아
2학기를 그저 꽁으로 날려버리곤 방황을 일삼다

D릿
D릿

C그널 보내
C그널 보내

교수님은 네게
학점을 줄 수 없단다

'나를 풍요롭게 하는 공부를 할 거야'라는 호기로운 마음으로
이듬해 영어영문학과로 전과하기도 했다.

어차피 망한 전공
나 자신이나 풍요롭게

문학 읽으면
풍요로워진댔어

영문학을 공부해 보니 재미있기도 했고
나 자신이 풍요로워지는 기분이 드는 듯도 했지만,

도저히 영어영문학과로는 취업을 할 수 없을 것 같아
결국 산업공학과 복수전공을 시도,

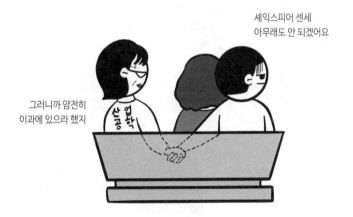

처참히 흑역사만을 남기게 되었다.

지독을 세 번이나 바꾸고 헤맸던 이유는 단 하나,
정말 내가 원하고 잘하는 게 무엇인지 알고 싶어서였지만

오히려 명확히 알게 된 것은 내가 무엇을 싫어하는지와

으 다시는 그 과목
안 들을 거야

하고 싶은 일과 살아가고 싶은 인생의 방향이
단순히 공부의 문제에 있지 않다는 것이었다.

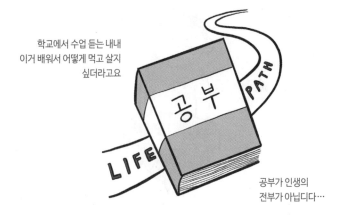

학교에서 수업 듣는 내내
이거 배워서 어떻게 먹고 살지
싶더라고요

공부가 인생의
전부가 아닙니다…

문제를 정확하게 알고 나니
아주 깊은 현자 타임이 나를 덮쳤고,

꽤 오랜 시간 내가 무엇을 하고 싶은지,
진짜 원하는 것이 무엇인지를 고민하며 시간을 보냈다.

그러다 문득, 친구들과 술만 마시면 입버릇처럼
'가게를 하겠다!'라고 내뱉던 말들이 생각났고

나중에 내가 술집 차리면
매일 내가 술 쏜다

하지만 술을 공짜로 달라고 하면
용서하지 않을 것이다

계속 반복해서 생각하다 보니, 그게 언제가 되었든
정말 하고 싶은 일이라는 생각이 들었다.

내 가게를 차리면
정말 행복할 것 같아

언젠가는 해야지 꼭
언젠가는…

문제는 언제 할 것인가였는데

임종 직전만
아니면
좋을 텐데…

하고 싶었던 모든 꿈을 걷어내고 하나 남은 그 꿈을
미뤄야 할 이유를 도저히 찾지 못했다.

하고 싶었던 것들
다 박살 난 마당에

저것까지 미뤄야 할
이유는 무엇일까…

마침 수중에는 미친 듯이 아르바이트와 과외를 뛰며 모아둔
아주 작은 종잣돈이 있었고,

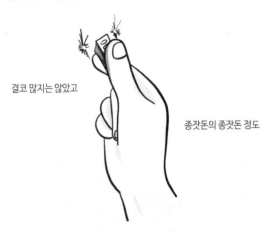

결코 많지는 않았고

종잣돈의 종잣돈 정도

종잣돈에 맞는 가게 위치를 찾아내고야 말겠다는
일념으로 부동산과 오랜 사투 끝에

10평 너비의 5평 월세 어디 없나요

제 종잣돈의 종잣돈의 종잣돈으로
구할 수 있는 상가를 다 보여주세요

그토록 원하던 작은 가게 자리를 하나 찾을 수 있었다.

다 포기하고
집에 가려던 찰나

스윽

후후 녀석…

마지막으로 봤던 곳이
마음에 쏙 들었던 것

사실 가게를 하고 싶다고는 생각했지만,
정확하게 어떤 종류의 가게를 할지 결정을 못하고 있었는데

카페는 뭐랄까
너무 흔하고 많고…

음식은 잘 못하는데…

요리 실력과 상관없이 사람들을 행복하게 해줄 수 있는
술을 중심으로 가게를 차리기로 결심.

남은 건 술뿐인데…

이런 행운이…

결국 작은 펍을 운영하기로 하고,

술집 아니고
펍이라고 부르자 펍

그리고 요리는 못하니까
술만 파는 걸 콘셉트로…

평소 있으면 좋겠다고 생각한 펍의 모습을
나의 가게로 만들면 좋겠다는 생각으로 장사를 시작했다.

그러나 그것은 앞으로 찾아올
무수히 많은 고생의 복선에 불과했다.

저렴한 데는 이유가 있다고 했던가,
어렵게 구한 소중한 공간은 알고 보니 문제투성이였고

돈을 아끼겠다고 혼자 텅빈 가게 내부 공사는
한 달을 목표로 시작했지만,

한 달이면
끝나겠지…
그래도 군필잔데…

*근거 없음

예상했던 것보다 한참을 더 넘긴 석 달이 지나고
만신창이가 되어서야 끝낼 수 있었다.

여러분
노동의 가치는
존귀한 것입니다…

중간중간 취업해서 살아가는 친구들을 보면
후회 비슷한 감정들이 밀려오기도 했지만

'어차피 고생할 것이라면 내 일을 하면서 살아가고 싶다'라는
생각 하나로 그 시기를 버텨냈던 것 같다.

그렇게 몇 달을 더 고생했을까,
그 어둡고 습한 지하는 결국 내게

비가 오면 곰팡이와 냄새가
동시에 발생하는 하이브리드 재질

나의 가게를 허락해줬다.

반지하 홀로 인테리어
20대 맥주 가게 사장님…

그 어려운 걸
제가 해냅니다…

물론 그 뒤로 계속 행복한 일만 벌어졌다면
분명 그것은 거짓말이겠지만,

물난리 때문에
가게 문을 닫은 적도,

최저시급도 안 되는
매출이 나올 때도 있었다

그래도 기쁜 날들은 분명히 있었고

처음으로 가게에
자리가 없던 날

잊지 못할
그 감정…

이 길을 선택한 것을 후회하지 않을 만큼
뿌듯하고 좋은 순간들도 있었다.

그리고 어느새 나의 가게는,
사람들이 자주 찾는 어엿한 보통의 가게가 되었다.

돌이켜 생각해 보면, 내 전공은 여전히
내가 가게를 차리는 데 도움을 주진 않았다.

학창 시절에는 어떻게든 전공을 써먹거나
혹은 전공대로 살아나가려는 강박에 시달리기도 했다.

그런데 그것에서 자유로워지고 나니
전공은 부담 없이 사귈 수 있는 좋은 친구 같은 존재였고,

그때 읽고 배웠던 문학들과 인문학적 지식은
내가 더 좋은 사람이 되는 데 보탬이 되었다.

사람들은 내가 매번 전공을 바꾸고 꿈을 바꿀 때마다
내가 가진 것들에 대해 나만큼이나 걱정하곤 했지만,

아이러니하게도 그들이 아까워하는 것들을 내려놓고 나니,
그제야 정말로 내가 원하는 것들을 찾을 수 있었다.

가끔 가게에 찾아오는 학생들은 나를 부러워하면서
여러 가지 고민을 털어놓는다.

그리곤 자신이 지금의 길을 가지 않게 되면
어떤 문제와 마주치게 될지 걱정을 늘어놓곤 한다.

나도 그들과 똑같이 그 시절을 겪은 사람으로,
꼭 그들에게 전해주고 싶은 말이 하나 있다면

지금 하고 있는 그 고민들은 진짜 고민이 아니라는 점,
그리고 실제로 마주하게 될 고민은 다른 것들이라는 점이다.

만약 당신이 정말 많은 도전과 시도를 하며
지금 하고 있는 일이 맞지 않는다는 것을 잘 알고 있다면

그 시기가 어쩌면
지르기에 가장 적절한 시기일지도 모른다.

어린 시절 진부하게 듣던 조언들이, 시간이 지나
다시 내 입에서 나오는 조언이 되는 게 너무나도 싫지만

솔직히 이 그림 묘사
예술이지 않습니까…

이걸 어떻게
이렇게 표현하지…

수많은 사람이 이미 이야기했던 것처럼,
하고 싶은 일과 꿈을 유예하지 말라고 말해주고 싶다.

정말 보고 느낀 게
똑같을 뿐이에요

제가 그 사람들 이야기
베끼는 게 아니라요

먼 미래에도 불확실할지 모르는 행복을 위해
지금의 불행을 참고 사는 것만큼 미련한 것이 어디 있을까.

막상 다 참고 살았는데
그 미래가 맘에 안 들면 어쩌지

맘에 안 드는 일을 하면서도
실패하면 어떻게 하지

만약, 지금 당신이 하고 있는 일이 맞지 않는다는 것을
뻔히 알면서도 꿈을 유예하고 있다면

사실 나는
멋진 화가가
되고 싶었는데…

더는 고민하지 말고, 정말 하고 싶었던 일을 위해
스스로에게도 기회를 한 번쯤은 줬으면 한다.

하지만 70대의
노인 화가는 싫어

70대에 가서
그림 적성이 안 맞으면
후회할 것 같아

어쩌면, 우리는 생각보다 그 일을 잘 해낼지도 모르니 말이다.

휘오오오

슈우우우

# 제7화
## 문예창작학과,
### 편집자로
### 살아남기

책을 좋아하고, 글을 쓰길 좋아하는
아주 평범했던 문학소녀

신이 머리를 긁적이자
비듬이 떨어진다…랄까

눈이 내린다는
표현은 식상해…

문학소년·소녀라 하면 자연스레 떠올리는
이미지가 있겠지만, 나는 사뭇 달랐다.

영희야 저걸 봐
하늘에서 눈이 내려

군대 가서도 그렇게
웃으며 말할 수 있을까?

나는 문학을 좋아하면서도
늘 글짓기 실력을 인정받으려 했던

백일장 헌터였다.

물론 내가 처음부터 그랬던 것은 아니었다.

내가 헌터가 된 데에는
아주 슬픈 전설이 있어…

우연히 내게 글을 쓰는 재주가 있다는 것을 알게 된 이후,
작가가 되고 싶다는 생각을 종종 하긴 했었지만

솔깃

칭찬에 약한 타입

네가 쓴 글은
사람 마음을 후벼 파

글짓기 대회에서 상을 타면 대학에 갈 수 있다는
사실을 알게 된 이후부터

아니 상으로만
대학에 갈 수 있다니

그게 사실입니까
담임선생님

'내가 대학에 갈 수 있는 방법은 오직 이뿐이다'라는 생각으로
나는 전국의 모든 글짓기 대회를 돌아다녔고,

수학 과학을 더 하지 않으려면
오직 이 길뿐이야

결국 그렇게 고등학교 생활 내내 글짓기 대회를 다니며
상을 받은 덕에

전국에 있는 모든
글짓기 대회를 섭렵

들어는 보셨나요
낙동강 백일장

남들과는 조금 다른 방식으로 대학에 입학하게 되었다.

어서 오세요.
글쟁이들의 꿈과 희망
문예창작학과랍니다.

어딘가 불길한데 저 표정…

고등학교 시절부터 글을 잘 쓴다는 칭찬을 받으며
상까지 타고 문예창작학과에 들어왔으니,

후후후후
내가 바로
낙동강 백일장의
히로인

원고지 빼고
모조리 다
씹어 먹어 줄게

잘하고 좋아하는 것을 대학에서도 계속할 수 있다는 생각에
나는 그저 장밋빛 대학 생활만을 꿈꿨지만

작가가 되어서
너무 유명해지면
어떻게 하지

문학계의 아이돌이 되면
곤란한데 이런 이런

실상은 그렇지 않았다.

# 이곳은 문학이란 이름의 전쟁터

고등학교 시절에는 글을 잘 쓰는 친구들도 얼마 없었고,
비교 대상도 많지 않으니 내가 최고인 줄 알았지만

너희들 평소에 글은
좀 쓰고 사니?

애국심 없이
애국 글짓기 수상해 봤니?

나처럼 오직 책과 글만 바라보며 살아온 사람들이
우글대는 곳에서 실력과 취향으로 인정받는 것은
힘든 일이기만 했다.

오 네가 낙동강 백일장
수상자 출신인가?

인사해 여기는
태평양 백일장
수상자란다

내가 노력으로 실력을 쌓은 타입이라면,
주변의 친구들 중에서는 천재적 재능을 가진 친구들이 있었는데

노력으로도 따라갈 수 없는 그들의 비범한 모습을 볼 때면
나 자신을 자책하기도 했고,

누군가의 잣대와 취향으로
내 글을 평가받는 경험은

나는 이런 스타일의 글을
별로 좋아하지 않네 학생

글 제목을 차라리
D+로 짓지그래

왜 내 글이
이런 평가를

더는 글을 쓰고 싶지 않게 만드는 계기가 되기도 했다.

내 모든 것을
부정당하는 기분이랄까요…

그렇게 점점 자신감을 잃으니
하고 싶은 이야기들도 바닥나기 시작했고

제 장래희망은
낙동강 오리 알이요

저요?
제가 무슨
글을 써요

하고 싶은 이야기가 없는 것은
작가에게는 곧 사형선고나 다름없었기에

더 이상
할 이야기가
없습니다!!!!

점차 나는 그렇게 사랑했던 글을 멀리하며
조금씩 학과 생활에 흥미를 잃어가기 시작했다.

그렇게 나는, 내가 좋아하고 잘하는 일을 하면서도
행복하지만은 않을 수 있다는 것을 처음으로 깨달았다.

단 한 번도 살면서 글쓰기로 먹고사는 나 자신을
의심해본 적 없었던 나였기에,

장래희망은
작가고요

꿈은
유명작가입니다

글로 밥을 먹고살 수 없다는 현실을 깨닫자
그 뒤로는 계속 방황하기 시작했다.

이제 나
방황할 거야

이제 글 안 쓰고
인상 쓸 거야

질겅

질겅

*실제 모습과 다를 수 있습니다.

계속되는 방황과 일탈 속에서 학교는 뒷전이었고,

학점이 돌이킬 수 없는 수준으로 낮아지고 나서야
정신을 차린 나는 다시 내 잃어버린 미래를 바라보게 되었다.

글 쓰는 것은 진작에 포기했지만,
책을 향한 사랑과 관심만큼은 끊을 수 없었고

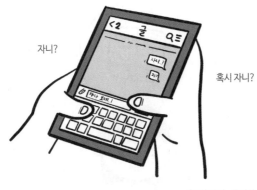

그러다 학점을 따기 위해 교양 과목을 뒤적이던 중,
출판과 관련한 수업이 있는 것을 우연히 발견하곤

나의 책을 향한 사랑과 관심, 그리고 글쓰기에 대한 미련이
출판이라는 분야와 적절히 맞아 보인다는 생각에

그 수업을 계기로 나는 출판인의 길을 걷기로 결심,
대학을 졸업하고 작은 출판사의 편집자가 되었다.

하지만 편집자의 길은 문예창작학과에 이어
내가 좋아하고 잘하는 일을 직업으로 삼는다는 것이

제가 좋아하는 일 하면
행복한 것 아녔어요?

잘하는 일 하면
성공하는 것 아녔어요?

반드시 행복한 일상을 보장하는 것이 아님을 알려주는
확실한 계기가 되었다.

또 속냐!

퍽

크흡

출판업계의 현실과 박봉은 고사하고,

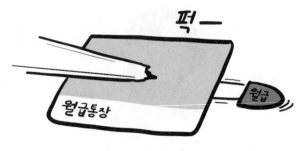

낮은 연봉과 처우만
문제였다면 좋으련만…

퍽―

월급통장

월급

할 말은 많지만
하지 않겠습니다…^^

지나치게 많은 업무와 야근의 연속은
그나마 가지고 있던 글을 향한 내 사랑조차 희미하게 만들었다.

야근만 시키던가
돈만 적게 주던가

하나만 해라
하나만…

내게 죄가 있다면 진로를 찾으면 행복해질 수 있다는
어른들의 말을 곧이곧대로 믿은 죄,

또 속은 글쟁이는
사약을 들라

힝 속았징

엉엉

그리고 수많은 조언을 무시하면서 불나방처럼
고된 출판업계에 뛰어든 죄 정도겠지만,

사실 어느 정도 현실은
알고 들어가긴 했지만…

막상 내 현실로 마주하니
욕이 늘더라고요…

그런 고된 현실 속에서도 내게 즐거움을 주는 것이
책과 글이라는 사실은 나를 더 헷갈리게 만들었다.

책으로 고통받고
책으로 스트레스 푸는

이 시대의 변태이자
프로슈머입니다

편집자들 사이에서는 농담처럼 '책뽕을 맞는다'라고 표현하는데,

진짜 취하는 기분이
들 때가 있습니다

아 물론 약은 아니고 술이요…

그토록 좋아하는 책을 내가 직접 탄생시킨다는 것,

내가 선망하던 작가의 글을 받아

더 좋은 글이 되도록 돕는 경험.

그렇게 내 손을 거쳐 나온 책이 조금 더 나은 세상을 만들고
사람들에게 영향을 끼친다는 사실은

힘든 순간과 고된 업무를 이겨낼 수 있게 해주는
일종의 마약과도 같은 존재가 되곤 한다.

퇴근하고 지친 몸으로도
책부터 붙잡고 눕는 나…

책밖에 모르는 바보…

직업으로 인해 나의 삶이 행복하냐고 묻는다면,
앞서도 계속 이야기했지만 꼭 그렇지만은 않다고 말하고 싶다.

좋아하고 잘하는 일을
직업으로 갖는다고 해도

That's
NONO

야근까지 행복해지진
않습니다 여러분

하지만 직업이 내게 즐거움을 주는 순간이 있냐고 묻는다면,
그것은 그렇다고 말할 수 있다.

좋아하고 잘하는 일이라도 강도가 세거나 힘들면
행복하지만은 않을 수 있다는 사실을 받아들이고 나서부턴

삶과 전공을 바라보는 태도도 조금은 달라지게 되었다.

만약 다시 대학 시절로
돌아간다면

책이나 글 말고도
더 많은 진로를
알아봤을 거예요

과거의 경험을 떠올려 보면, 글을 잘 쓴다는 것은
직종을 가리지 않고 내게 큰 장점이기도 했다.

우리 사장님
연설문 좀…

알바하러 왔다가
뜻밖의 꿀 섭취 중

이번 이벤트
광고 문구 좀…

이 동네 알바가
글을 잘 쓴답니다!

만약 내가 삶과 전공을 반드시 연결시켜야 한다는 강박에서
조금 벗어나, 더 넓게 나의 가능성을 바라봤다면

꼭 글 쓰는 작가가
될 필요 없이…

글을 잘 쓰는
무언가가 되면
어떨까…

어쩌면 지금은 조금 다른 삶을 살고 있진 않았을까.

오 안 돼…
출판 과목
듣지 마…

NO..

NO..

NO!!!!!!

안 돼!!!
그 알바를
그만두지 마!!

그러니 전공을 살리지 못했다고 해서 너무 괴로워할 필요도,
살렸다고 해서 막연한 기대에 사로잡힐 필요도 없는 것 같다.

전공을 살리지 못하고
취업을 해버렸네… 망했네…

내가 바로 전공 살려 취업한
이 시대의 위너다 그아아아악

음하하하하

확실한 것은, 전공과 진로를 찾는 것이 행복한 삶을 사는 것과
아무런 인과 관계가 없다는 것이다.

인생의 행복이
전공이나 진로로
정해지는 것이었다면

더 많은 사람이
행복하게 살고 있어야
하지 않을까요…

이미 돌아가기엔 너무 먼 길을 와버린 나는
아마 계속해서 출판인의 길을 걸을지도 모르겠다.

이곳을 벗어나긴
글러버렸어요

ㅎㅎㅎㅎ
저는 이미
끝났어요

비록 힘들고 고된 길이지만, 나름의 즐거움을 찾으며
이제는 편집자로 꼭 해 보고 싶은 일들이 생겼기 때문이다.

나름의 사명감 같은 게
생겨버렸어요

일로 인해 내 삶 전체가 행복해질 수는 없다 해도,

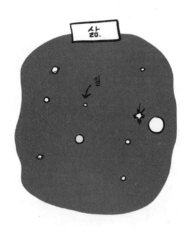

일하는 순간순간에 즐거움을 느낄 수 있다는 것은
어쩌면 이 무한 경쟁 시대에 작은 행운일지도 모른다.

이 글을 읽고 있는 사람들 중, 전공과 직업으로
행복한 삶의 정답을 찾아가려는 자가 있다면

내 이야기가 그들에게 조금이나마 강박에서 벗어날 수 있는
기회가 되길 바란다.

그리고 자신이 가진 가능성을 더욱 넓게 보길 바란다.

오 글쓰기가
저런 곳에서도
쓸모가?

당신이 찾는 행복은, 어쩌면
당신이 사랑하는 '일'에 없을지도 모르니 말이다.

NO..

NO..

NO!!!!!!

후배들아
도망가…!

# 제8화
## 교대생,
초등학교 교사로
살아남기

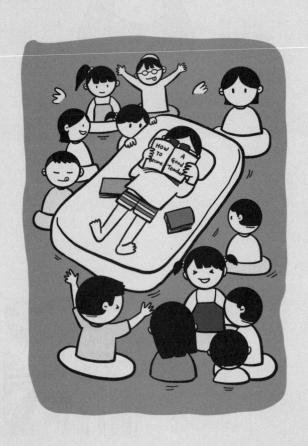

어려서부터 태생적으로 귀가 얇고 어른들의 말을 잘 들었던 나는

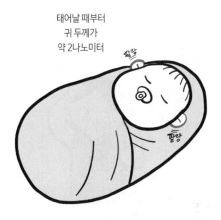

태어날 때부터
귀 두께가
약 2나노미터

제대로 된 진로 고민을 하기도 전부터 안정적인 직장에 대한
근본 없는 로망을 갖고 있었다.

넌 꿈이 뭐니?

뭐가 되어도 좋으니
철밥통을 얻겠습니다!

*실제 고3 시절 마인드

청년실업이 본격적인 사회 문제로 대두되기 시작하던 무렵,
마침 고등학교 3학년이었던 나는 그때부터 불안에 떨기 시작했고

당시 고3인데
청년실업 걱정

경제 하나도 모르면서
경제 위기 걱정함

그 어떤 직장도 영원해 보이지 않아 불안하고 조급하던 찰나,
교사라는 직업으로 그 불안함을 해소하려고 했다.

뭔가 오해가 있는 것 같은데…

당신의 직업은 왜
보는 사람마다
철밥통이라 하죠

교사가 되고 싶은 다양한 이유가 있었던 친구들과 달리

내게 교사라는 직업은 불안한 마음을 달래줄 수 있는
유일한 해방구와 같았고,

게다가 쓸데없이 성실하고 어른들의 말을 별 의심 없이
잘 받아들였던 나는

뭘 해야 할지
잘 모르겠으니

시키는 거라도
열심히 해야죠!

교사가 되려면 교대에 가야 한다는 사실을 알고서는
불안한 마음을 이겨내고자 성실하게 공부만 했다.

지금 하는 게
뭔지는 몰라도

열심히 하면
철밥통을 주겠죠!

그리고 정신을 차려보니 나는 어느새,

교대에 진학해 있었다.

쓸쓸

고요

휘오오오오

이곳이
안정적인 삶의
성지인가…

바보 같은 말처럼 들릴지 모르겠지만,
나는 교대에서의 생활을 전혀 알지 못하고 진학했다.

그도 그럴 것이 교사라는 직업은 그저 목표였다 보니
그 목표로 가는 과정이 어떤 모습일지는 안중에도 없었고,

그렇게 무방비 속에서 맞이한 교대의 일상은
그야말로 충격 그 자체였다.

교사가 된다는 것은 단순히 직업적인 의미를 넘어
선생님이 될 자격을 갖춘다는 것이었고,

그것이 의미하는 바는

세상에 있는 모든 것을 누군가에게 언제든지
가르칠 준비가 되어 있어야 한다는 것이었다.

운동신경이라곤 눈 씻고 찾아볼 수도 없는 내가
아이들에게 체육을 가르쳐야 한다는 것,

음악밖에 모르는 내가
아이들에게 음악을 가르쳐야 한다는 것,

그리고 아이들이 물어보는 모든 질문에 대답할 수 있는
사람이 될 준비를 해야 한다는 것을

선생님은
왜 살아요?

선생님은
왜 선생님인가요?

경제 위기의
올바른 해법은
무엇인가요?

나는 너무도 늦게 알아버린 것이다.

여긴
어디

나는
누구

누군가를 가르치려면 배우고 싶지 않은 것들도
배워야 한다는 사실과

이제 나는 더 이상
포기의 대상이 아니란다

포기하는 순간
직장도 포기하게 되지

적어도 아이들에게 못하는 것이 없는 사람처럼 보여야 한다는
직업의 무게를 늦게 깨달은 대가는 적지 않았다.

내용이 쉬우니 가르치는 것도 쉬울 것이라는 생각은
커다란 오산이었고

오히려 당연한 것을 당연하지 않다고 생각하는
아이들을 가르치면서 누군가를 가르친다는 것을
다시 생각해 보기도 했다.

다만 그 모든 과정에서 내가 가장 견디기 힘들었던 것은

진로의 불안함 속에서 고민 없이 선택한 길이 내게
생각 이상으로 너무 큰 부담과 무게로 다가왔다는 것과

설령 그 부담감을 이겨낸다 할지라도 고민 없이 직업을 선택한 내가 아이들 앞에서 떳떳할 수 있을지에 대한 두려움이었다.

선생님은 사실
교육에 별 뜻이 없어

그냥 돈 때문에
하는 거야

저것이 인생의 진리…

하지만 또 쓸데없이 성실했던 나는 그 불안함을 이겨내는 방법으로 무작정 버티고 열심히 하는 것을 선택했고,

불안하면 우선
밤부터 새는 스타일

닥치는 대로 읽고
공부하고 노력한다

다시 정신을 차려보니 이제는 정말로 교사가 되어 있었다.

발령이 나기 전까지 약간의 시간이 주어졌었는데,
그 시간 내내 나는

막상 꿈꾸던
직업을 가졌는데

엄습하는
불안감과 초조함

이미 돌이킬 수 없는 진로가 정해져 있다는 사실이
그저 괴롭기만 했고, 어디론가 피하고만 싶었다.

너무 부끄럽고
힘들어 숨고 싶었다

사명 없이
선생님이 되는 게

친구들은 내게 이미 안정적인 직장과 정해진 진로가 있음을
부러워하고 응원해줬지만,

얘 너 어디 가서
그런 고민 털어놓지 마

그러다 맞아 죽는다

오히려 나는 교사 외에는 그 어떤 것도 할 수 없는
돌이킬 수 없는 내 진로가 두렵고 불안하기만 했다.

남들이 부러워하면 뭐해
내가 용기가 안 생기는걸

취업난 속에서 방황하며 힘든 시간을 보내던 친구들이
하나둘씩 자리를 잡고 자신의 길을 치열하게 찾아가는 것을 보며,

3년 취준하더니
어엿한 직장인이 됨

긴 방황을 끝내고
디자인에서 적성을 찾음

정작 좋아하고 잘하는 일에 대한 고민 없이
눈앞에 있는 것들만 치워가듯 살아온 내가 후회스럽기도 했다.

진로 고민
그런 거 없고

그냥 일단 무조건
아무거나 하고 본다

자신감으로 누군가를 가르쳐야 할 직업이건만
자신감 없이 교단에 섰으니 제대로 수업이 될 리 없었고

실제로 1년 내내
아이들 눈도 제대로
못 마주쳤음

수업 이외의 다른 행정일까지 맡아서 해야 하는 학교생활은
시간이 지날수록 고통으로만 다가왔다.

애들만 가르치면
되는 줄 알았는데

난 왜 남아서
엑셀을 하고 있는가

하지만 그럴 때마다 내가 잘했던 것은 그저 버티고
주어진 순간에 최선을 다하며 시간이 흐르길 기다리는 것이었고

시간아 흘러라
빨리 흘러라

참고 버틸 테니
빨리만 가다오

그렇게 한 해, 두 해를 버티면서 교단에 서다 보니 차츰
교사라는 직업이 가진 매력에 눈을 뜨기 시작했다.

모자란 나를 선생님으로 따르며 기억하고
다시 찾아와주는 어린 제자들의 존재와

그런 나에게 교육을 받으면서도
조금씩 더 나아지는 아이들을 볼 때,

쓰다듬ー

헤에

선생님이
칭찬해줬다아

그리고 아이들에게 부끄럽지 않은 사람이 되겠다는 마음으로
조금씩 더 나은 사람이 되어가는 내 모습을 보며

최고의 선생님은
아니지만

어제보다는
나은 선생님이
되어야지

어쩌면 이 직업을 내 길이라고
인정할 수도 있겠다는 생각이 들었다.

이제 아이들을 다루는
나름의 노하우도 생겼어요

아이들이 우울해하면
똥이나 방귀를 외치면 돼요…

내가 교사가 되기엔 부족한 사람일 수도 있고
내 인생에 딱 걸맞은 진로도 아닐 수 있지만,

누군가에게 긍정적인 영향을 미치며 어설프게나마
제 역할을 하고 있다는 사실은 내게 큰 위로가 되었고,

어쩌면 내가 그동안 참고 견뎌왔던 시간이
무의미하지만은 않을 수 있겠다는 생각도 하게 되었다.

어설프고 모자란
나에게 배운 아이들이

고맙다고 했을 때
그 기억을 잊지 못해요

누군가 내게 평생 교사라는 직업으로 살아갈 것이냐고 묻는다면, 나는 그 질문에 당당하게 대답할 수 없을지도 모르겠다.

하지만 진로를 찾지 못하고 여기까지 흘러와 버린 내 현실을 후회하냐고 묻는다면 그건 자신 있게 아니라고 말할 수 있다.

어른들의 말을 그저 듣고 따르기 바빴고,
다른 이야기를 해주는 사람들이 없었던 환경 속에서

앞만 보고 달리는
경주마 같았던 내 삶

무한 경쟁 속에서
다른 길을 고민할 틈이
있기나 했을까

다시 그때로 돌아간다 할지라도 내가 할 수 있는 것은
주어진 일에 최선을 다하는 것뿐일 것이다.

시 간 을
되돌리시겠습니까?

YES

NO

HANAMANA

우리나라처럼 어려서부터 진로에 대해 제대로 가르쳐주고
진지하게 고민하는 법을 알려주지 않는 상황 속에서

당신이 평범하게 노력하며 살아온 그 시간을 단지
진로를 찾지 못했다는 이유로 나무라거나 지적할 수 있는
자격은 누구에게도 없다.

뜬금없이 들릴지는 모르겠지만, 나는 이제 교사가 아닌
다른 인생을 살아갈 나 자신을 조금씩 탐색해 보고 있다.

조금은 늦었지만,
저도 이제 진로 고민을
시작했어요

비록 내 인생의 첫 직업은 진로를 탐색하지 못한 채 맞이했지만,
내 삶을 오직 교사로만 마무리 짓고 싶은 생각은 없기 때문이다.

온리 교사 인생?

댓츠 노노

THAT'S NO-NO

진로를 찾고, 도전을 하고, 용기를 내는 것에도 타이밍이 있다.

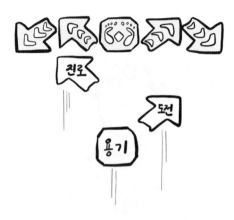

그 시기와 기회는 너무나 당연하게도 사람마다 다르고,
때론 다른 사람들이 보기에 많이 늦어 보일 수도 있다.

뒤늦게 찾은
진로 적성

당신이 아직 진로를 찾지 못했다고 해서, 아니면
남들처럼 도전하는 삶을 살지 못했다고 해서
조급해하거나 불안해하지 않았으면 좋겠다.

물은 물이니

산은 산이요

옴마니밧메훔…

지금 당신이 가진 것을 이루기까지 들인 시간과 노력도
그 조급함 때문에 너무 하찮게 여기지 않았으면 좋겠다.

진로에 대한 고민을 충분히 하지 못했음에도 시간이 지나며
내가 교사라는 직업의 의미를 알게 된 것처럼

어쩌면 우리가 어린 시절부터 목표로 잡는 진로라는 것은
쉽게 예측할 수도, 결정할 수도 없는 것들일지도 모른다.

그러니, 이상한 말처럼 들릴지 모르겠지만
지금 당장 진로를 찾거나 정하지 않고 흘러가도 괜찮다.

그저 주어진 위치에서 계속 최선을 다해 달려왔던
당신 자신을 믿어도 좋다.

당신에게 진로에 대해 고민할 수 있는 시기가
조금 늦게 오더라도, 늘 그랬던 것처럼

이겨낼 수 있을 테니 말이다.

제9화
**사학과,**
방송국 PD로
살아남기

학창 시절, 반마다 꼭 한 명씩 있는
특정 과목의 덕후들

그중에서도 역사를 좋아하는 일명 '역사 덕후'를
당신은 아마 만난 적이 있을 것이다.

나는 그 흔치 않았던 역사 덕후였다.

'역덕'의 특징이라 하면, 교과에 나오는 모든 연도에 대한 집착과
수시로 주변 상황을 역사적 사건으로 묘사하는 것,

그리고 역사 수업 시간에 대한 병적인 집착과
그 이외 수업 시간에 대한 빠른 포기 등이 일반적이다.

나는 그 일반적 특성을 모두 지닌 진성 덕후였다.

지금 생각해 봐도 특별한 이유는 없었지만,
역사 과목이 그냥 너무 좋았고

좋은 데에
이유가 어디
있겠습니까…

그냥 하는 거지…

역사 관련 과목들만큼은 학교에서 항상 순위권에 들 만큼
역사 공부만 해대며 학창 시절을 보냈다.

역사는 또
100점을 맞았네

오 국영수는
합쳐서 100점이네

낮에는 수업 시간과 교과서로,
밤에는 역사 관련 책을 읽으며 잠이 들었고

마치 세상의 모든 이야기를 다 들을 것만 같이
역사 속의 재미있는 이야기들을 섭렵하며 살았다.

역사 과목이
암기로부터
자유로워지면

남는 것은
꿀잼 이야기
보고 즐기는 것

하지만 나의 역사 사랑은 학교를 벗어나면
더 이상 즐거움의 대상이 아니곤 했다.

역사를 수업에서
배우고 공부할 때와

수업 밖에서 마주할 때는
사뭇 다른 공기가 느껴졌다

좋아하고 잘하는 것으로 진로를 선택하라던 어른들의 말에
아무런 의심 없이 진로를 사학과로 정했지만,

좋아하고 잘하는 거 하면
잘 먹고 잘산다.

인생의 진로도
그럼 역사 쪽으로…?

진로를 사학과로 선택한 그 순간부터 나는 암묵적으로
돈과 명예는 포기한 학자처럼 비치곤 했고

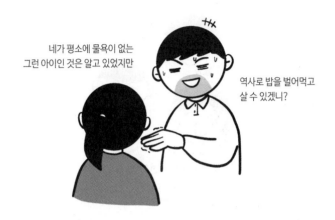

부모님을 포함한 그 어떤 누구에게도 진로를
지지받지 못한 채 숱한 부정만을 계속해서 당하기만 했다.

좋아하고 잘하는 것으로 진로를 정하라던 어른들의 말은

정작 현실 앞에서는 치기 어린 고집과 세상 물정 모르는 어린애의
모자란 선택으로 취급되기 일쑤였다.

그렇게 나는 내가 좋아하는 것을 선택했음에도
누구에게도 지지받지 못한 채 대학에 진학하고 말았다.

불행 중 다행이었을까, 좋아하는 것을 잔뜩 배울 수 있었던
사학과 생활은 우려와 달리 나쁘지만은 않았다.

우왕 대학 오니까
읽을 게 잔뜩이네

시험 볼 것도 잔뜩이네
죽어버릴까

학과에는 점수에 맞춰 어쩔 수 없이 진학한 친구들이 절반,
그리고 나와 같은 역사 덕후들이 나머지 절반이었는데

점수에
맞춰

역사
덕후

*비슷한 처지의 동지들로는
철학과와 각종 비인기 어문학과가 있습니다.

출신이 어떻든 술로 하나 되는 사학과 생활은
지금도 내게는 매우 인상 깊은 추억이기도 하다.

매년, 매 학기에 갔던 답사에서도,
함께 과제를 하며 팀플을 했던 순간에도,

교수님과 선배님들과의 일상적인 대화에는 물론
당신이 상상하는 그 모든 순간에 대부분 술이 있었지만

그 순간들 속에서 내가 더 행복할 수 있었던 것은 항상
역사 이야기가 끊이지 않았기 때문이었다.

하지만 대학교에서도 마찬가지로, 학교 밖을 나서면
내 전공은 그 어떤 즐거움과 기쁨을 주지 못했다.

학교 밖만 나오면
역사는 찬밥 신세였다

가장 많이 화가 났던 것은 내 또래의
타과생들 태도였는데,

'사학과는
취업 어떻게 해'
표정의 상경대생

'진로 고민은
하고 살긴 해?'
표정의 사과대생

*모든 친구가 그랬던 것은 아닙니다.

진로에 대한 고민 없이 다른 학과에 진학한 친구들조차도
편견을 갖고 걱정의 탈을 쓴 말을 건네기 일쑤였고

아무래도 사학과는
나중에 교수하는 게
제일 안정적이지?

설마 취업할 생각으로
사학과 간 건 아니지?

그럴 때마다 나는 그들에게 열을 내며 반박했지만,
오히려 그들에게는 열등감의 표출처럼 보이기만 했다.

그걸 내 입으로
말해야 알겠니?

사학과랑 너희 학과랑
뭐가 다른데?

제일 억울했던 것은 모두가 겪고 있는 취업난을,
마치 사학과를 비롯한 특정 학과의 어려움처럼 말하거나

취업난이 왜
문과만의 탓입니까? 흡…

전공을 살리지 못하고 취업하는 경우가
모든 학과에 허다한데도 사학과에서 배우는 것들은
아무런 의미가 없을 것이라는 평가들이었다.

취업에 해로운
학과생이다

쓸모없는 것을
배우는 자다

그 억울한 마음을 어떻게든 풀고 싶었던 나는

역사와 가장 상관없어 보이는 공모전에서 상을 타면
사람들의 편견이 조금이나마 사라지지 않을까 싶었고

마침 학교에서 학교 홍보를 주제로 한 UCC 대회 포스터를 발견,
무작정 친구들을 모아 대회에 참가했는데

아니 이토록 관련이 없으면서도
만만해 보이는 공모전이

어째선지 대상을 받아버리게 된다.

ㅇ…오류나
실수 아니죠?

저 1등
대상 맞죠…?

그리고 그 뒤로 나갔던 더 큰 대회에서도

아니 그러니까
저 1등 맞…

또 나갔던 더 더 더 큰 대회에서도 나는 상을 받았고

ㅈ…자…잠시

단순히 상만 탄 게 아니라,
사람들에게 분에 넘치는 사랑을 받기도 했다.

동영상 조회 수 폭파!

내가 영화 〈트루먼 쇼〉의
트루먼은 아니겠지…

하지만 연달아 상을 타고 사랑을 받는 것보다 신기했던 것은
내가 봐도 재능이 있어 보였던 나의 영상 기획 능력이었다.

오 보인다 보여
영상 시나리오 각이

별다른 편집 기술 하나 제대로 아는 게 없었던 나였기에,
주로 영상을 기획하고 시나리오 쓰는 일을 맡았는데

주로 이래라저래라 하는
스타일의 업무

하지만 누군가는
해야 하는 일

이야기를 쓰다 보면 나도 모르게 기승전결을 맞추며
적재적소에 필요한 요소들을 잘 배치하곤 했다.

이쯤에서
역경이 나오고

여기에서
반전을 한번!

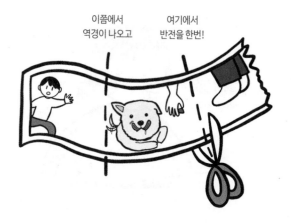

어떤 때는 적절한 주인공을 등장시키기도,
어떤 때는 필요한 스토리 라인을 만들어내기도 했는데

주인공에게
시련을 안겨 줄
옛 군대 선임

주인공과의
생이별 급전개

그때마다 나는 알게 모르게 알고 있었던 수많은 이야기를
계속해서 떠올리며 글을 쓰고 있다는 사실을 발견했다.

때론
세계사에서

때론
국사에서

세상의 수많은 재미있는 이야기를 듣고 배웠던 지난날들이
내게 이야기의 기승전결을 만들어낼 수 있는 능력을 준 것이다.

연산군 교수님…

당신에게
이 영광을…

그리고 그렇게 뜬금없이 영상에 발을 들이게 된 나는
능력을 인정받아 방송국 인턴부터 시작해 경력을 쌓게 되었고,

인턴

잠시 역사는 잊고
일단 영상 편집 기술부터…

정신을 차려보니 어느새 나는,
역사와 교양을 다루는 다큐멘터리 PD가 되어 있었다.

성격대로면 사실
예능국에 가야 하지만

잘하는 건
교양 프로그램이더라고요

솔직하게 말하자면, UCC를 도전하기 이전의 나는
내가 사학과 전공을 이런 방향으로 살릴 것이라
기대하지도 못했다.

그때 공모전만
안 나갔어도…

지금의 야근은
없었겠지요 호호…

내가 증명하고 싶었던 것은 그저 학과와 상관없이
모두가 취업 시장에서 동등한 출발선에 있다는 것뿐이었지만

학부생 수준의 전문성으로
출발선이 다르다고 할 수 있을까요…

저는 아니라고 생각합니다…

오히려 내가 가진 능력을 세상에 내놓고 평가받는 과정에서
나도 몰랐던 내 전공의 쓸모를 알게 된 것이다.

만약 다시 그때로 돌아가, 억울해하고 있는 나에게
앞으로 PD가 될 테니 역사 공부를 더 열심히 하라 했다면

안녕, 과거의 나?
너는 역사 덕후로 자랐지만
결국엔 방송국에서 일할 거란다

그러니까 공모전을 보면
도망쳐…

과연 나는 그 말을 믿을 수 있을까.

조언 수준이 무슨
황국신민 서사 수준이구먼

*조언이 몹시 마음에 들지 않는다는 뜻입니다.

요즘 주변을 돌아보면, 대학 생활보다 취업을 위해
무작정 직무 능력을 배우고 진로를 빨리
정해버리라는 조언을 보곤 한다.

물론 아주 틀린 말은 아니지만,
나는 그게 실제 현실에서는 매우 어렵다고 생각한다.

내가 무얼 잘하는지도 모르는 상태에서는
진로를 정하기도 어렵고, 정작 정해버려도
남들에게 비난을 받아버리는 세상에서

우리가 할 수 있는 것은 그저 눈앞에 있는 것들과
내가 좋아하는 것들을 찾아가며 푹 빠지는 것이 최선 아닐까.

그러다 보면 때론, 내가 좋아하는 것을 열심히 하는 과정에서
우연히 내가 가야 할 길을 발견할 수 있기도 하다.

내가 역사를 좋아했지만, 방송국에서 PD의 자격으로 지금처럼
이야기를 만들어 내는 사람이 될 줄은 몰랐듯이 말이다.

아무리 다시
그 시절로
돌아간다 해도

절대로 지금의
미래는 상상하지
못했을 것 같아요…

무작정 취업 공부만 하라는 말도, 무작정 전공에 최선을
다하라는 말도 쉽게 할 수 없다는 것을 안다.

다만 무엇을 하던, 수시로 내가 하고 있는 것들을 세상 앞에서
당당하게 평가받고 도전하는 일을 두려워하지 않았으면 좋겠다.

전공이 내가 가려는 길에 도움이 된다는 생각도,
의외로 나도 몰랐던 쓸모를 발견하게 될 가능성도,

모두 그 도전으로부터 시작할 것이기 때문이다.

그저 좋은 대학에 가고 싶었다.

좋은 대학에 가면
좋을 것이다!

뭐가 좋은진 몰라도
좋긴 할 것이다!

하지만 그렇다고 남들보다 수능을 두 번이나
더 보길 바란 건 아니었다.

안 좋아도 되니
제발 들여만 보내주십쇼

세 번째 수능 성적이 가장 마음에 들지 않으리란 것도
인생 계획에는 절대 없던 일이었다.

삼수를 하며 잔뜩 쫄보가 되어버린 나는 결국
점수에 맞춰 갈 수 있는 가장 낮은 학부에 지원했고,

우여곡절 끝에 남들이 그토록 바라고 부러워하던
'그 대학의 학생'이라는 타이틀을 얻을 수 있었다.

하지만 기쁨도 잠시,

이제 어디 가서
나도 대학생이라고
할 수 있…

한 번도 생각해본 적 없었던 전공과 마주하는 현실은
금방 찾아오고야 말았다.

잠시
전공 고르고
가실게요

인생
쉬운 것 하나
없답니다

학부에 들어갔을 때 내게는 두 가지 선택지가 있었다.

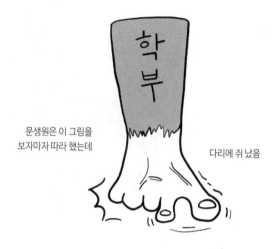

문생원은 이 그림을
보자마자 따라 했는데

다리에 쥐 났음

하나는 금속공예였고, 또 다른 하나가 도자공예였는데
금속공예에는 어째선지 별다른 흥미를 느끼지 못했고,

흥미를 못 느꼈다기보다…
일단 금속은 비쌉니다…

상대적으로 부담이 적고 재미있어 보였던
도예 전공을 충동적으로 선택했다.

*실제로 이렇게
다정하지 않습니다.

하지만 사실 도자공예를 선택했던 진짜 이유는,
선배들의 자유로운 모습 때문이었다.

*실제로 이렇게
입고 다니시진 않습니다.

원하는 학과도 아니었으니,
다른 것이라도 할 시간이 많길 바랐던 나는

도자기 굽는 동안
딴짓하면 되겠지?

항상 뭔가 여유로워 보이고 미소를 머금고 다니던
학과 선배들의 모습에 마음이 갔지만,

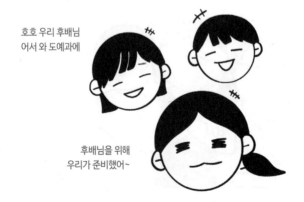

호호 우리 후배님
어서 와 도예과에

후배님을 위해
우리가 준비했어~

그 모습이 사실은 실성해서 그렇다는 것을
깨닫는 데는 그리 오랜 시간이 걸리지 않았다.

늦지 않았다면
도망쳐…

네버엔딩 야작과
덥고 습한 가마를

대부분의 미대생이 공감하겠지만,
우리는 학교에서 숙식하는 것이 매우 익숙하다.

*이건 실제와 비슷할지도 모릅니다.

더욱이 도자공예의 경우 재료와 장비 모두
개인적으로 갖고 있기 어려운 크고 비싼 것들이다 보니

우리에게 집에서 하는 야작이란
존재하지 않습니다…

덥고 습하고 밀폐된 공간에 갇힌 채
수십 시간씩 작업하며 시달리는 것은 기본이었다.

하지만 여유로운 생활을 잃은 채
온종일 갇혀 있어야 했던 것보다 힘들었던 것은

아냐 사실 지금 생각해 보면
밤새 갇혀 있는 게 제일 힘들었어

여름에 가마 옆에 두고
밤새는 기분 아십니까

하면 할수록 도무지 이해할 수 없었던
오묘한 도자기의 세계였다.

내 조상은
빗살무늬토기까지
올라간다

근데 감히 갓 스무 살 따위가
날 이해하려 들어?

예를 들면, 겉보기에는 다 똑같아 보이는 도자기일시라도
교수님들의 눈에는 뭔가 달라 보이는 듯했는데,

내 눈에는 별반 달라 보이지 않는 친구들의 작업물은
교수님들에게 칭찬을 받았지만,

내 작품은 늘 납득하기 어려운 이유와 함께
항상 잔소리와 구박을 듣기만 했다.

며칠이나 밤을 지새우며 만든 작품이 무용지물이 될 땐
형언하기 어려운 자괴감에 시달리기도 했다.

보통 교수님들이 말하던 내 작품의 결점들은
큰 것들이 아닌 아주 사소한 것들이 대부분이었는데,

몇 번이나 그 오묘한 세계를 이해하는 데 실패한 나는
도망치듯 내 전공을 버린 채 다른 길을 찾아 떠나기로 했다.

그 뒤로 나는 어떤 이유에서였는지 패션에 꽂혀
취업을 위해 대외 활동과 스펙 쌓기를 가리지 않았고

헝겊은 적어도
도자기처럼
덥진 않으니까

그 노력을 보상이라도 받는 듯, 도자기와는 아무 상관 없는
내로라하는 커다란 패션회사에 입사하게 되었다.

가마 탈출 넘버원

이제 저도 어엿한
패션업 종사자입니다

그러나 이상하게도
기쁨은 또 오래가지 않았다.

꾸쥬 유 마이 걸~

패션을 직업으로 여기지 않고 대외 활동으로만 경험한 내게
패션회사의 일상은 비극 그 자체였다.

야작을 벗어났더니
매일 야근을 하라고?

근데 야근을 해도
일이 줄지 않는다고?

말도 안 되는 업무량에 치이고 매일 새벽까지 야근을 해도
절대로 끝나지 않는 하루에 지치고 지친 나는

결국 패션 일에서도 도망치고자 인사팀으로
보직 이동을 신청해 팀을 옮기기도 했지만,

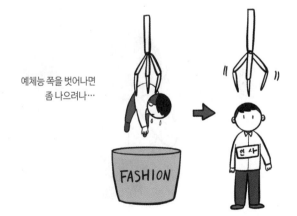

예체능 쪽을 벗어나면
좀 나으려나…

여전히 많은 야근과 떠나버린 회사를 향한 마음은
기대와 달리 더 나아지지 않았고,

이 회사에서 야근은
출신을 가리지 않지!

결국 나는 내가 선택한 미래를 뒤로한 채
또 도망치고 말았다.

이쯤 되면
탈출과 도망의 귀재

좋아 보이는 것들만을 좇아 깊은 고민 없이
앞만 보고 달려왔지만,

정작 내가 무엇을 하고 싶은지에 대한 고민 없이 마주한
그 좋아 보이던 것들은 모두 다 참담하기만 했다.

좋아 보이는 것들을 얻어내면 자연스레 삶도 좋아질 것이라는
나의 헛된 기대와 노력은 금세 좌절로 바뀌었고,

어른들이 말하는
좋다는 건 다 했는데

그것은 그만큼 더 큰 배신감으로 다가왔다.

정작 그게 나한테
좋은지는 생각 안 해 봤어

그렇게 회사를 그만두고 이런저런 생각을 하며
백수 생활을 영위하던 어느 날,

꼼지락

인사팀에서 일하던 내게 조언을 구하던 사람과
우연한 기회로 진로 상담을 하게 되었는데,

어머! 패션 쪽에
관심이 있군요!

단명하고 싶으면
계속하세요

어째선지 반응이 좋았고,

그 일을 계기로, 더는 나 같은 사람이 생기지 않길 바라는
마음에 무작정 청년들의 고민을 상담하기 시작했다.

*실제 상담은 이렇지 않습니다.

세상에 나와 보니, 많은 고민을 안고 사는 청년들에 비해
그런 고민을 제대로 듣거나 답해주는 사람은 드물었고,

무엇하나 제대로 답해주는 사람 없이 삶의 문턱에서
방황하는 청년들의 모습은 남의 일 같지 않았다.

그렇게 한 명 두 명 방법을 가리지 않고
그저 내 마음 가는 대로 상담을 하다 보니,

알게 모르게 사람들은 계속해서 나를 찾아오기 시작했고

이전의 경험들과는 달리 처음으로
일하는 재미와 보람을 느낀 나는

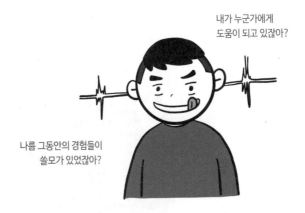

더는 도망치지 않기로 했고

정신을 차려보니 어느새 나는
2만 7000명이 넘게 찾아와 고민을 상담하는

고민 상담소 '좀 놀아본 언니'라는 블로그의
자타공인 고민 상담사가 되어 있었다.

재미있었던 것은, 도자공예에서 이해할 수 없었던
'사소한 차이'의 중요성을 상담을 하며 깨달았다는 것이었다.

대학 시절 내내
도자기만 바라본 경험이

상담에서 빛을 발할 줄
알기나 했겠습니까

예를 들어, 아주 미세한 차이를 찾아내야 했던 훈련은
같은 고민을 들고 찾아오는 사람들을 다르게 바라보는
넓은 시야를 갖게 해줬는데,

겉보기에는 같아 보이는 고민이시만,

사람마다 처한 환경과 살아온 삶은 다를 수밖에 없어서,
그 작은 차이를 알아야만 더 좋은 상담을 할 수 있었다.

아무리 최선을 다했어도 가마 안에서 깨질 수 있었던
도자기를 굽는 인고의 시간은

백날 열심히
빚으면 뭐해

가마에만 구우면 깨지는 게
아주 그냥 내 멘탈 같군

일을 하며 겪게 되는 의도치 않은 다양한 결과에
의연하게 대처할 수 있게 하는 정신력을 주기도 했다.

뭐 어쩌겠어
다시 해야지

아무리 최선을 다해도 인정받지 못했던
도예 전공이었지만,

도자기 굽는 거 배워서
뭐 먹고 살아야 합니까

대학만 잘 가면
된다고 했잖아요

나름대로 최선을 다했던 그 시간을 통해 기술보다
더 소중한 삶의 태도를 배울 수 있었다.

옛다

세상을
살아가는
삶의 태도

실패한 선택이라 생각했던 전공에서는
삶을 살아가는 태도를,

하지만 그걸 배우기 위해
다시 도자기 구우라 하면

당신을 구워 먹으리…

일이 싫어 도피처로 택했던 인사팀에서의 경험은
삶을 살아가는 데 필요한 무기를 주리라
누가 상상이나 했을까.

맞으면 맞을수록
단단해지는 칼처럼…

다 쓸모 있는
부딪힘이었던 것…

나의 현재와 오늘을 평가하기에
우리는 아직 미숙하고 모자랄지도 모른다.

아이고 네가 뭘 안다고
거기서 그러고 있니

아이고 과거의 나야
하던 거나 열심히 하렴

그러니 지금 하고 있는 일들에 너무 많은 의미를 부여하지도,
동시에 섣불리 먼저 평가하고 포기하지 말았으면 좋겠다.

그 순간이 의미 있는지는
오직 시간이 지나고서만 알 수 있어요

또 내 전공이 설령 나와 맞지 않는다 하더라도
그것을 너무 불행하게만 여기지 않았으면 좋겠다.

나만 전공 안 맞아

내 인생은 끝났어

인생의 의미와 방향을 4년의 생활로만 찾는다고 하면,
그것만큼 슬프고 아쉬운 삶이 또 어디 있을까.

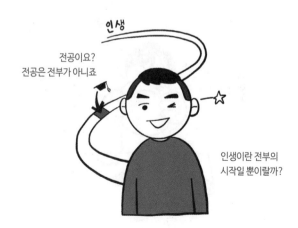

전공이요?
전공은 전부가 아니죠

인생이란 전부의
시작일 뿐이랄까?

내게 맞는 것이 무엇인지 찾아내는 과정도 물론 중요하지만,

내가 이미 선택한 것이 나와 맞지 않는다는 결론을 내리기
위해 겪어야 하는 과정과 노력도 그만큼이나 중요하다.

혹자는 그 시간을 모두 쓸모없다고 할지도,
그리고 섣부르게 미리 판단해 시도조차 안 할지도 모르겠다.

하지만 어떤 식으로든, 내게 맞지 않는 것을 확인하는 과정은
반드시 자양분이 되어 돌아온다.

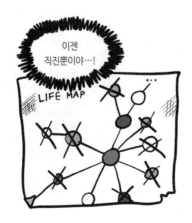

전공이 지금 당장 직업을 가져다주지 않는다고 해서,
삶의 태도를 배울 기회를 저버리진 말았으면 좋겠다.

내 삶의 답을 찾기 위한 소거 과정을
낭비라 생각하지 않는 것,

그것이 어쩌면 이미 선택해버린 애증의 전공을
가장 잘 살릴 방법일지도 모르니 말이다.

# 번외
# **학과별 투덜거림**

# 정치외교학과

"나도 쟤네가 왜 저러는지 잘 모르니까
물어보지 마…."

심지수 님

나도 가서 물어보고 싶다 ... 대체 왜들 저러시는지

**법학과**

"싸웠으면 합의 어떻게 하냐고 묻지 말고 싹싹 빌어⋯."

이해준 님

## 철학과

"나한테 자꾸 네 운세 물어보지 마라…"

이한솔 님

## 문화인류학과

"학과 이름 알려주면 한 번에 외워줬으면 좋겠어…."

유하림 님

## 사학과

"사극 볼 때 다음 장면 나한테 물어보지 마라…"

지승현 님

## 국어국문학과

"자꾸 네 자기소개서 맞춤법 나한테 물어보지 마라…."

최보람 님

## 신문방송학과

"자꾸 나한테 영상 만들어 달라고 부탁하지 마…"

최용혁 님

신문방송학과가
영상 만드는 과가 아니야

뭐? 돈 준다고?
그럼 고민 좀 해 볼게

## 유아교육학과

"좋은 엄마 될 것 같다고 하지 마라.
결혼 생각 없으니까…."

김예지 님

내 꿈은
그 질문하는 널
패버리는 거야

현모양처 꿈 아니고,
자녀 계획도 인생에 없다

## 심리학과

"자꾸 네 생각 맞춰 보라고 문제 내지 마라.
관심 없으니까…."

이희진 님

그거 맞출 수 있었으면
지금 너랑 안 놀았을 거야

궁예와 심리학과를
헷갈리지 말아줬으면 해

## 사회복지학과

"나한테 너무 많은 걸 기대하지 마.
착한 일 많이 안 하니까…"

정인철 님

착한 일 해도
너한테는 안 할 거야…

담배 피운다고
괜히 실망하지 마…

## 중어중문학과

"이제 네 눈빛만 봐도
네가 무슨 말을 하려는지 알고 있어…."

문생원

네가 중문과생에게
밥 먹었냐고 물어본
5조 5억 번째 사람이야

고량주 잘 마시냐고
물어보지 마라
그건 좀 설레니까

양꼬치엔 칭다오가 맞으니까
부정하려 들지 마라

니 취팔러마!!!

니 취팔러마!!!

## 경제학과

"나한테 자꾸 총무 시키고 돈 계산시키지 마라…."

김지은 님

## 영어영문학과

"여행가거나 외국인 마주칠 때마다
내 뒤로 숨지 마라…"

김우현 님

# 문과생, '정답'을 알려줘

## "다시 학교로 안 돌아갈 거야"

지금으로부터 3년 전, 문과생존원정대를 시작하기 직전까지만 해도 저는 이 말을 입에 달고 살았습니다. 전국에 불어 닥친 '문송' 열풍은 공중파에서조차 거론하기 시작하는 일종의 사회적 문제처럼 여겨졌고, 마치 문과를 나온 게 잘못이라도 된 것인 양, 사람들은 자신의 전공을 빌미로 '문송'을 입에 달고 다녔습니다.

저도 그중 한 사람이었습니다. 단지 수학을 더 공부하기 싫어 선택했던, 그저 책 읽고 글 쓰는 게 좋아 문과를 선택하고는 중어중문학과에 '던져진' 제게 '문송'이라는 단어는 제 모습을 표현하기에 너무나도 적절한 단어였습니다. 스타트업에서 일하면서 단 한 번도 중문 전공을 활용해 본 적이 없었던 저는 매번 직원들에게 '문송하다'는 말을 했습니다. 개발도 하지 못하고, 그 어떤 것도 하지 못한 채 대장 자리에 앉아 일만 기획하고 있는 저 자신을 비꼬는 말이기도 했죠.

생각해 보면 학교로 돌아가고 싶지 않았던 가장 큰 이유는 배우는 지식이 '쓸모없어' 보였기 때문이었습니다. 몇 천 년 전에 공자 할아버지가 말했던 게 지금 당장 제가 하고 싶은 마케팅에 도움이 될 리도 없어 보였고, 한자를 외워서 학점을 잘 받으면 돈을 더 잘 버는 것도 아니었으니까요. 물론 학점을 잘 받으면 취업이야 잘 되겠지만, 제가 중국인의 대륙 기상을 본받아 취업하는 것도 아닌 마당에, 학교에서 배우는 모든 지식은 그저 쓸모없는 시간 낭비 그 이상 그 이하도 아니었습니다.

'문과는 대체 무슨 쓸모가 있을까?', '문과를 졸업한 사람들은 어떻게 살아가야 할까?' 그런 고민의 소용돌이 속에서 저는 정말 우연한 기회로 '문과생존원정대'의 운영자가 되어버렸습니다. 마치 그 질문에 대한 답을 찾으라는 일종의 계시처럼 말입니다.

그때의 저를 회상해 보면, 오기가 잔뜩 올라와 있었던 것 같습니다. '내가 반드시 문과의 쓸모를 찾아내고야 말리라', 그게 아니라면 '문과를 졸업해도 문과와 상관없는 일을 하는 게 아주 당연한 것임을 증명하리라'와 같은 생각으로 눈에 불을 켠 채 인터뷰이들을 찾아다녔거든요. 사람들을 만나 이야기를 들으면 마치 답이 보이지 않던 제 진로가 해결되리라는 기대감도 있었고, 혹시라도 내가 예상하지 못했던 인생의 가르침을 얻을 수 있을 것이란 기대감도 조금 있었습니다. 그게 아니고서야 돈도 되지 않으면서 귀찮기 짝이 없고, 댓글로는 '이과 꿈나무들 문과로 선동하지 말아라'는 비난까지 들어야 했던 연재를 계속하지는 않았을 것입니다.

만 3년 동안 200여 명, 그러니까 거의 일주일에 한 번씩 문과 졸업생, 혹은 재학생을 만나면서 그들의 인생 이야기를 들었습니다. 카페에서 커피를 마시면서 이야기를 나눌 때도 있었고, 이야기를 듣다가 급작스레 밀려오는 허무감에 포장마차로 직행해 소주를 원샷으로 들이켰던 적도 있었으며, 이야기를 들으며 눈물을 참지 못해 오열 속에 인터뷰를 했던 적도 있었습니다.

물론 모든 사람의 이야기가 쓸모 있지는 않았습니다. 때론 인터뷰를 하고 있는 건지 잔소리를 들으려고 앉아 있는 건지 헷갈리는 순간도 있었고, 지나친 자조와 패배감에 인터뷰 내내 불편했던 적도 많았습니다. 물론 그런 이야기는 제게 나름의 영향을 줬지만, 연재되지는 못했죠. 하지만 그렇게 다양한 사람들을 만나면서도 제가 바라던 것은 딱 한 가지였습니다. '문과생은 어떻게 살아가야 하는가?' 영원히 답을 찾을 수 없을 것 같은 그 질문에 대한 답을 찾을 수 있기를 바라는 것. 오로지 그것뿐이었습니다.

결론부터 말하자면, 아직 '정답'은 찾지 못한 것 같습니다. 더 정확히 말하면 정답 같은 건 없다는 걸 깨닫게 되었습니다. 제가 만난 수많은 사람은 누군가가 말해준 정답대로 움직이는 사람들이 아니었습니다. 그들은 모두 나름대로 자신이 갈 길을 정하고 있었고, 남들이 정해준 정답처럼 보이는 길을 거부하고 자신만의 답을 찾아가는 사람들이었습니다. 각자가 생각하는 삶의 방식은 조금씩 달랐지만, 그 어느 것을 오답이라고 치부하기는 어려웠습니다. 아니, 그 어떤 것도 오답은 아니었습니다. '어떻게 살아야 한다'는 정답을 기대했던 제게 돌아온 답은 '어떻게 살든 괜찮다'는 다지선다였던 것이죠. 뭔가 허무하긴 했지만, 그게 사실이었습니다.

'전공'과 '먹고사는 법'을 분리시키는 것. 아주 간단하지만 쉽게 생각하기 어려운 그 방법을, 제가 만났던 사람들은 모두 각자의 방식대로 깨달으며 삶에 적용시켜 갔습니다. 사회복지학과를 나오면 사회복지사, 문학을 전공하면 작가, 철학을 전공하면 학자가 되어야 전공을 살려 먹고사는 것이라 생각하는 사람들의 일반적인 생각과는 다른, 전공을 대학 시절에 가장 친했던 친구쯤으로 생각하는 삶의 방식은 어쩌면 당연한 것이면서도 충격적이었습니다. 모든 사람이 전공을 살려서 살아가는 것이 아닌 게 당연한데도, 우리는 타인의 시선에 의해 재단된, 혹은 깊게 고민해 보지 않은 우리의 가능성을 미리 제한하고 그 길을 벗어나길 두려워했던 것은 아닐까요.

전공을, 아니, 정확히는 제가 배우는 인문학 전공은 직업을 구하는 수단으로 쓸 수 없다는 사실을 깨닫고 난 뒤에는 오히려 전공을 더 편하게 받아들일 수 있었습니다. 물론 통·번역이나 실제로 작가와 학자를 꿈꾸는 분들에게는 전공이 직업을 구하는 수단일 수 있겠지만, 이미 중국어와는 관련이 없는 길을 인생의 진로로 선택한 제게 전공은 그저 애증의 대상일 뿐이니까요. 전공 공부가 제게 남들과는 다른 개성을 주고, 대학에서 키워야 하는 사고방식을 키우는 수단으로 활용된다는 사실을 알게 된 뒤로는 학점에 연연하지 않고 공부를 즐길 수 있었습니다. 한자를 조금 덜 외우더라도 한자의 생성 원리와 그 사이에 묻어 있는 이야기들을 음미하기도 했습니다. 지루하기만 했던 『논어』 읽기와 사서삼경은 삶의 지침을 엿보는 좋은 교양 수업처럼 와 닿았습니다. 전공으로 직업을 구하진 못했지만, 가끔 전공 지식을 뽐내는 순간이 올 때면 제가 마치 남들이 모르는 것을 알고 있는 특별한 사람이 된 것 같은 기분이 들기도 했습니다. 돈을 벌어다 주는 수단은 아니지만, 인생을 더 풍요롭게 만들어주는 친구가 생긴 기분이었습니다.

제가 이런 말을 하면, 누군가는 대학에서 배우는 인문학이 '사치재'라는 비판을 할지도 모르겠습니다. 만약 제 말이 사실이라면, 이 취업난 속에서 문과를 갈 이유는 더더욱 없다고 말할지도 모릅니다. 하지만 저는 대학의 목적이 취업이 아니라는 점, 그리고 모두가 자신의 취향과 성향을 버리고 이공계를 선택할 수는 없다는 점, 그리고 평범한 사람들도 학문적 향유를 즐길 자격이 있다는 점에서 그런 말들에 반대하고 싶습니다. 제가 다시 그 시절로 돌아간다 하더라도 이공계로 대학을 진학할 수 있었을까요? 그저 글이 좋고 수학을 못 했던, 하지만 내 생각을 표현하는 것만큼은 누구보다 자신 있었던 제가 단순히 '직업을 구하기 어렵다'는 이유만으로 전공을 이과로 선택해야 할 이유는 없을 것입니다.

이미, 그렇게 태어나버린 제게는 문과 전공이 유일한 답이었을지도 모르니까요.

인문학을 전공하는 것은 자신만의 '향기'를 찾아가는 과정이라 생각합니다. 모두가 취업을 위해서 경영학 복수전공을 하고 결국에는 모두가 똑같아지는 오늘날 대학의 모습이 결코 좋지만은 않다고 생각합니다. 남들보다 잘되기 위해서 남들과 똑같은 선택을 하는 것은 결국 모두가 파국으로 치닫는 길일지도 모릅니다. 모두가 똑같다면, 그 속에서 우리를 평가할 수 있는 것은 조금 더 나은 학점, 조금 더 많은 봉사 활동, 조금 더 많은 대외 활동일 수밖에 없을 겁니다. 하지만 우리가 남들과 다른 확실한 개성과 향기를 갖고 있다면, 그들과 다른 기준으로 평가받을 수 있지 않을까요? 저는 그래서 문과가 쓸모없다고 말하는 이 세상에서, 모두가 자신의 전공에 더 많은 애정을 가지길 바랍니다. 물론 그것이 직업과 연관이 없을 수 있다는 가능성을 인정한 상태에서 말입니다. 아마 그것이 우리를 모두 같지 않게 만들고, 더 나은 존재가 되도록 만드는 시작일 것입니다.

**'잘 짜인 계획은 독한 다짐에 불과하다'**

저는 이 농담 섞인 말을 좋아합니다. 계획은 그저 당시 우리의 다짐일 뿐, 목표한 대로 모두 이뤄지는 것이 아님을 적당히 비꼬는 말이거든요. 이 책을 읽고 있는 많은 분이 아마 비슷한 경험을 해 보셨을 겁니다. 하지만 우리는 당장의 실패와 착오를 조금도 용인해주지 않는 세상에서 살아가고 있습니다. 계획대로 하지 못하면, 남들이 인정해주지 않으면, 성공하지 못하면 모두가 낙오자가 되어버리는 단순하면서도 무서운 세상에서 살고 있는 것이죠.

모두가 대학에 입학하고, 전공을 선택하고, 나름의 미래를 그리며 20대를 시작합니다. 하지만 그것이 인생의 전부가 아니라, 전부의 시작에 불과하다는 것을 깨달으며 좌절합니다. 저는 그 좌절의 중심에 전공과 진로가 커다란 부분을 차지하고 있다고 생각합니다. 적성과 전공이 맞지 않을 때, 전공으로 직업을 구할 수 없다는 것을 깨달을 때, 열심히 해도 상대평가로 뒤처질 수 있다는 것을 깨달을 때 사람들은 자신의 '독한 다짐'이 어긋나 버린 현실을 원망하고 외면합니다.

하지만, 열 편의 이야기를 통해 봤듯이 우리의 독한 다짐은 어그러지기 일쑤이고, 당시에는 실패처럼 보였던 것들도 언젠가는 의미 있게 돌아오기도 합니다. 더 나아가서는 그게 '실패'가 아닐 수도 있다는 생각을 하기도 합니다. 그러니 지금 겪고 있는 방황을, 전공의 실패를 지나치게 크게 여기지 않았으면 좋겠습니다. 인생의 모든 것이 전공 선택으로 결정된다면 그보다 불행한 것이 어디 있을까요?

저는 앞으로도 계속해서 창업 쪽에 뜻을 두고 일을 하려 합니다. 전공은 여전히 '직업에는' 도움이 안 되겠지만, 문학과 철학을 배우며 키웠던 제 생각과 신념은 썩 괜찮은 것 같거든요. 조금이라도 더 나은 세상을 만들고, 내 생각에 공감하는 사람들을 찾아 나가는 여정을 계속 이어가게 될 것 같습니다. 비록 지금은 잠시 창업을 접고 회사에서 경험을 쌓고 있지만, 제가 가진 신념과 철학이 세상에 필요한 무언가를 만들어 낼 것이라는 믿음은 저버리지 않으려 합니다.

채리는 아마 이 책이 나올 때쯤이면 외국으로 나가 뮤지션 생활을 이어나가고 있을 겁니다. 뮤지션이라니, 이게 무슨 소린가 싶다고요? 채리는 사실 저와 같이 문과를 전공했지만 패션에 뜻을 두고 패션을 전공한 뒤 창업도 했던, 나름 '창업계 동지'였습니다. 그러면서 저와 함께 문과생존원정대를 작업하며 아티스트의 꿈을 키웠고, 창업을 접고 미생이 된 순간에도 그 꿈을 놓지 않고 주말마다 꾸준히 예술 작업을 해왔습니다. 결국 얼마 전에는 'Offing'이라는 이름으로 앨범을 내고 좋아하는 것을 제대로 배워보겠다며 런던행 비행기 티켓을 끊어버렸더라고요.

채리도 전공을 살려서 살고 있진 않지만, 전공으로 쌓았던 수많은 경험이 지금의 자신을 만들었다는 것을 부정하지 않습니다. 아마, '생존원정대'의 작가였던 만큼 아무리 힘들고 고되더라도 어떻게든 살아남을 것 같습니다. 많이 응원해주세요.

만약 어떤 '정답'을 원하고 이 책을 끝까지 읽으셨다면, 심심한 위로의 말씀을 전합니다. 하지만 '정답은 없다'는 것을 또 하나의 답으로 여겨주신다면 감사하겠습니다.

문과생존원정대는 앞으로도 계속 이어질 예정입니다. 그 모습이 또 책이 될지, 아니면 다른 어떤 모습이 될지는 모르겠습니다. 하지만 이 땅에 여전히 전공으로 밥을 먹고 살아야 하는 줄 아는 청춘들이 남아 있는 한, '그렇게 살지 않아도 괜찮다'는 메시지를 전하기 위해 계속 노력해 보려고 합니다. 그것이, 제게 '문생원'이라는 멋진 칭호를 준 보상에 맞는 마지막 숙제라고 생각합니다.

끝까지 읽어주셔서 감사합니다.
꼭, 생존하시길 바랍니다.

고재형, 정채리 드림